Lebenswege

Eine Geschichte

© 2014, Doris Radmayr

Autor: Doris Radmayr
Umschlaggestaltung: Doris Radmayr
Lektorat: TransWrite; Mattsee
Verlag: tredition GmbH, Hamburg
ISBN: 978-3-8495-9586-9 (Paperback)
         978-3-8495-9587-6 (Hardcover)
         978-3-8495-9588-3 (e-Book)
Printed in Germany

Sie läuft und läuft und läuft. Der Regen klatscht ihr ins Gesicht. Nur nicht umdrehen. Keine Zeit verschenken. Morgen wäre alles vorbei. Sowieso. Aber eben erst morgen. Sie hätten noch eine Nacht, eine ganze Nacht miteinander gehabt. Warum glaubt sie, mit Flucht etwas besser zu machen? Morgen wäre sie darauf gefasst. Morgen ist der Tag X. Das Enddatum. Kurs vorbei, alle Teilnehmer fahren nach Hause. Wenn sie nur daran denkt, bleibt ihr die Luft weg. Das Herz stolpert, sie will da nicht mehr hin. Immer das Gleiche, Arbeit, Essen, aus. Keine Abwechslung, keine Zerstreuung. Sie kann nicht mehr, ihre Füße brennen, sie bleibt stehen, atmet tief durch, läuft weiter, ein kleines Stück. Dann bleibt sie stehen. Lässt sich auf eine Mauer fallen. Sitzt, schnauft, heult.

Was soll sie tun? Wohin gehen? Zurück? Der Kurs hat schon begonnen – nähen und kochen – als ob sie das nicht eh schon ihr ganzes Leben lang tut. Andauernd, wenn man mal von der Zeit absieht, die sie im Geschäft gestanden und Fische verkauft hat. Was weiter? Es passiert nichts, wenn sie es nicht getan hat.

Ein Mann bleibt stehen, schaut sie neugierig an und fragt sie, ob sie ärztliche Hilfe benötigt. Einen Gnadenschuss, denkt sie bei sich, schüttelt aber den Kopf. Er geht weiter. Nach Hause zu seiner Frau, seinem Sohn, seinem Hund. Die werden dann in umgekehrter Reihenfolge begrüßt.

„Wie war dein Tag", fragt sie.

„Interessiert dich das?"

„Ja, sonst würde ich nicht fragen."

Er grunzt und geht ins Büro. Legt seinen Mantel und seine Aktentasche auf den Stuhl und sagt: „Da war gerade eine ältere Frau am Stadtplatz, die saß am Boden und hat gehechelt wie ein gejagtes Reh."

„Wie, am Boden?", fragt sie.

„Am Boden halt. Ich wollte ihr helfen, aber sie hat abgelehnt."

„Und du hast sie sitzen lassen?"

„Ja, was denn sonst, ich kann sie ja nicht wegtragen."

Im Kurs sitzen alle am letzten Werkstück. Arbeitsmarktpolitische Schulung wird das genannt. Zehn Frauen mittleren Alters bekommen nach einer Woche Kurs einen Zettel, auf dem steht, dass sie das, was sie immer schon gemacht haben, womit sie zum Teil ihren Lebensunterhalt verdient und ihre Familie ernährt haben, nun „offiziell" können.

Mitten am Nachmittag geht die Tür auf und sie betritt leise den Raum. Nimmt ihren Platz ein und greift zu einem Stück Stoff, das vor ihr liegt. Sie hat keine rechte Lust mehr, es an das fast fertige Kleid anzunähen, wie sie es ursprünglich vorgehabt hat. Während sie so sitzt, überlegt sie, warum sie hier sitzt. Sie weiß es nicht, also steht sie auf, um den Raum wieder zu verlassen. Die Kursleiterin fragt, ob sie den Faden verloren hat. „Ja, das kann man sagen."

Mann, Frau und Kind sitzen beim Abendessen, sie reden über belangloses Zeug.

„Was noch?", fragt sie ihn.

„Nichts mehr. Gar nichts mehr."

Das Kind will wissen, worum es geht. „Das verstehst du noch nicht, dafür bist du noch zu klein", sagt die Mutter. Das Kind – es heißt übrigens Peter und ist sieben Jahre alt – schmollt, ist aber zu müde, um nachzufragen. Sie essen schweigend zu Ende.

„Nach dem Zähneputzen komm ich und erzähl dir noch eine Geschichte", sagt die Mutter zu ihm. „Ruf mich, wenn es so weit ist." Sie räumt ab, wartet, bis ihr Kind im Badezimmer ist, und drückt ihrem Mann die Leine in die Hand.

„Und du gehst noch mit Clara spazieren. Dabei schaust du noch mal dort vorbei, wo du heute scheinbar diese Frau hast sitzen sehen."

„Wozu? Die ist doch gar nicht mehr da."

„Das weißt du ja gar nicht und außerdem ist es ja egal, in welche Richtung du gehst."

Der Gedanke an diese Frau lässt Ingrid nicht los. Warum saß sie am Boden? War sie müde, krank oder einfach nur zornig? Sie denkt zurück an die Zeit, in der sie sich selbst öfter vor lauter Wut auf den Boden geworfen und gezornt hat. Das ist fast zwanzig Jahre her, aber die Erschöpfung, wenn sie schließlich wieder aufstand, weil der Zorn verraucht und ausgelebt war, kann sie heute noch fühlen.

Sie denkt zurück an dieses Alter. Nein, da will sie nicht mehr hin. Zu unsicher, zu emotional, zu verbissen war die Zeit. Das ganze Schulwirrwarr, die verpatzten Geburtstagsfeiern, nach denen sie garantiert eine durchheulte Nacht erwartet hatte, weil nicht alles so lief, wie sie es sich erhofft hatte. All das Zeugs. Herbert, ihr Mann, weiß von alledem nichts. Als sie ihn kennengelernt hatte, war sie schon beruflich erfolgreich, Eventorganisation und -durchführung. Sie legte auf die Familie um, was sie im Job gelernt hatte. Sie organisierte, teilte ein, überwachte. Und es funktionierte auch ganz gut bisher. Manchmal beschleicht sie zwar das Gefühl, dass ein Ende in Sicht ist, sie weiß nur nicht genau wovon.

„Fertig", tönt es aus dem Badezimmer.

„Ich komme", ruft sie zurück und steigt die Stufen zum 1. Stock hinauf. Dort geht sie ins Kinderzimmer, wo Peter schon erwartungsvoll im Bett liegt.

„Und jetzt eine Geschichte", bettelt er. „Eine gaaanz lange."

Sie überlegt kurz und meint dann: „Okay, aber nur, wenn du danach sofort einschläfst!"

„Mhm."

Dann erzählt sie von Männern in Rüstungen und Prinzessinnen und Schlössern. Sie beschreibt jedes kleine Detail so genau, dass sie selbst glaubt, es anfassen zu können. Die Größen, Farben und Formen, den Duft, die Temperatur, selbst die Geräusche, die entstanden, wenn der Ritter das Pferd abzäumt. Sie redet und erzählt, beschreibt ihre inneren Bilder und erst als sie die ruhigen, gleichmäßigen Atemzüge ihres Kindes hört, schweigt sie und verlässt leise das Zimmer.

Im Wohnzimmer sitzt Herbert. Regentropfen glitzern auf seinen Haaren, sein Gesicht ist gerötet von der kalten, nassen Luft. „Und?", fragt sie. „Welchen Weg bist du gegangen?"

Er hebt den Kopf und schüttelt ihn leicht. „Du gibst

wohl nie auf, oder?"

Lächelnd sieht sie ihn an. „Nein, du kennst mich doch, das wäre nicht mein Stil."

Er steht auf und geht zum Kühlschrank, um sich Apfelsaft herauszunehmen. Sie bleibt sitzen, hört zu, was er tut. Schweigen hängt im Raum. Sie seufzt. Lange Zeit hatten sie immer ein Thema gehabt, über das sie reden, lachen, scherzen oder auch streiten konnten. Wohin war es verschwunden? Er kommt aus der Küche, ein großes Glas in der Hand.

„Ich war dort", sagt er. „Ich habe wirklich nachgesehen, ob sie noch dort sitzt. Du kannst mich manchmal wirklich wahnsinnig machen. Verunsichern. Aber ich wollte schon auch selbst wissen, was aus der Frau geworden ist."

„Was glaubst du?"

„Ich weiß es nicht. Sie sah so müde aus, so verzweifelt. Als hätte sie gerade eben eine richtig schlimme Nachricht erhalten. Aber in dem Moment, als sie mir antwortete, war sie plötzlich ganz groß, ganz stark. Ich würde wirklich gerne wissen, was mit ihr los war und wer sie war."

„Das werden wir wohl nie erfahren. Außer du triffst sie wieder, dann könntest du sie fragen. Aber warum sollte das passieren?"

„Weil ich glaube, dass es eine Bedeutung hat, dass sie mir heute über den Weg gelaufen ist."

„Im Ernst? Du glaubst doch sonst auch nicht an Vorzeichen?"

„Tue ich auch nicht, es ist ja nur ein Gefühl."

Noch eine ganze Zeit sitzen sie da, schweigen und schauen zum Fenster raus. „Ich gehe schlafen", sagt sie, steht auf und verlässt den Raum.

Am nächsten Morgen sitzt sie nachdenklich zu Hause. Mann und Kind sind mit Frühstück versorgt in Büro und Schule. Immer wieder fällt ihr diese Frau ein. Wieso eigentlich, sie hat sie ja selbst gar nicht gesehen? Was könnte denn an diesem einen Satz, den ihr Mann gesagt hat, so wichtig gewesen sein, was hat das bei ihr ausgelöst? Sie wirft noch einen Blick in den Raum, nimmt ihre Handtasche und ihren Mantel und geht aus dem Haus. Nicht wie sonst, in Richtung Büro, sondern in die andere Richtung. Dorthin, wo sie glaubt, dass das Treffen zwischen der Frau und ihrem Mann stattgefunden hat. Du bist ja wie besessen, geht ihr durch den Kopf, was soll dir das denn bringen?

Immer wieder will sie stehen bleiben, will sich selbst zur Vernunft rufen und auf ihrem gewohnten Weg ins Büro gehen, aber ihre Füße gehorchen ihr nicht, sie gehen einfach weiter. Nach ein paar Minuten glaubt sie, an der richtigen Stelle angelangt zu sein. Am Stadtplatz kommt ihr Mann jeden Tag aus der kleinen Seitenstraße heraus, um dann entweder in den Bus zu steigen oder die Strecke nach Hause zu gehen, die sie eben gekommen ist. Dort ist eine kleine Mauer am Rand eines künstlich geschaffenen Aufenthaltsbereichs. Eine in Stein eingelassene Sitzgelegenheit, ein paar Blumenrabatten mit Sträuchern, zwei armselig dünnen Bäumchen und eben eine kleine Mauer.

Wenn sie müde und verzweifelt wäre, würde sie sich hier hinsetzen und warten, ob etwas passiert. Und das macht sie jetzt auch. Sie legt sich noch eine Zeitung, die sie aus ihrer Handtasche fischt, auf die Bank aus Stein und setzt sich. Von hier aus hat sie einen wunderbaren Blick über den ganzen Platz, die angrenzenden Häuser, Geschäfte und die Leute, die hier spazieren gehen. Sie lehnt sich zurück und fühlt sich mit einem Male ganz ruhig. Ein kurzer Gedanke, das Büro zu verständigen, dass sie heute später kommt, aber wozu? Es gibt doch bei Weitem Wichtigeres, als jeden Tag ins Büro zu laufen und irgendwelche Veranstaltungen zu organisieren, die nur einen Haufen Geld verschlingen, massenhaft Abfall produzieren und dem einen oder anderen Möchtegern-Promi eine Bühne für seine Eitelkeit bieten.

Wie lange will sie nun schon aussteigen? Sie weiß es gar nicht mehr. Aber Fakt ist, dass sie mit nur einem Gehalt weder das Haus noch ihren Lebensstil aufrechterhalten können, den sie so gewohnt sind. Also was jetzt?, geht ihr durch den Kopf, vielleicht bleibe ich einfach hier sitzen und warte, ob ich auch eine verheulte Frau finde, dann kann ich Herbert am Abend was erzählen.

Noch während sie diesen Gedanken denkt, schüttelt sie innerlich den Kopf über sich selbst. Auf der anderen Seite des Platzes sieht sie nun eine junge Frau mit einem riesengroßen Pudel in ihre Richtung gehen. Als sie den Hund sieht, bedauert sie, Clara nicht mitgenommen zu haben. Die Arme muss nun bis Mittag alleine zu Hause rumsitzen. Obwohl sie das gewohnt ist. Was aber noch lange nicht heißt, dass ihr das auch gefällt, genauso wie sie in ihrem Büro! Nur haben sie beide sich wohl mit ihrer Situation arrangiert. Sie etwas selbstbestimmter als Clara.

Die junge Frau kommt direkt auf sie zu. Müsste ich sie kennen?, fragt sie sich ängstlich, sie zwickt die Augen ein wenig zusammen. Mit ihrer Fernsicht ist es auch nicht mehr so weit her. Nein, keine Chance, sie erkennt das Gesicht nicht.

„Darf ich mich hier dazusetzen?", fragt die junge Frau freundlich und lächelt.

„Natürlich, gerne", sagt sie und ärgert sich im gleichen Moment über diese Antwort. Nein, setzen Sie sich woanders hin, hätte sie ihr entgegenschreien können. Lasst mir doch um Himmels willen mal ein paar Minuten Ruhe! Aber stattdessen dieser blöde Satz, der aus dem Knigge stammen könnte. Ruhig sitzt die junge Frau neben ihr. Auch der Pudel hat sich hingesetzt, beobachtet die beiden Frauen aber mit aufmerksamem Blick.

„Das ist Boffo", sagt die Frau nun zu Ingrid und deutet auf den Pudel vor ihnen, „und ich heiße Natalie. Ich weiß zwar nicht, warum, aber sie zog so in Ihre Richtung, dass ich mir gedacht habe, ich setze mich jetzt einfach mal hierher und sehe, was sie so angezogen hat." Sie sieht Ingrid von der Seite her an. „Sie sehen irgendwie ein bisschen verloren aus."

Ingrid schaut sie verwundert an. „Verloren? Nein, ich war in Gedanken. Ich gönne mir gerade ein paar Minuten Ruhe vor dem Büro. Wie ich Sie gesehen habe, musste ich an meinen Hund zu Hause denken."

„Sie haben auch einen Hund? Was für einen denn? Wie machen Sie das mit dem Arbeiten? Stört es ihn denn gar nicht, wenn er alleine zu Hause bleiben muss? Wie heißt er denn?" Eine wahre Fragenflut stürzt auf Ingrid ein. Sie erhebt sich langsam.

„Clara", sagt sie. „Es ist eine Sie und sie heißt Clara. Nein, sie ist ganz ruhig zu Hause. Ich arbeite nur bis 14 Uhr und meistens kommt mein Mann in seiner Mittagspause heim und kümmert sich um sie. Aber ich muss jetzt." Sie steht auf und geht davon.

Natalie blickt ihr nach. „Na, die fühlte sich wohl ein bisschen auf die Zehen getreten, was, Boffo. Die wollte nur nicht unhöflich sein, sonst hätte sie am liebsten gesagt, wir sollen abhauen und sie in Ruhe lassen." Boffo schaut sie freundlich interessiert an. „Aber dir hätte sie gefallen, nicht wahr?" Boffo stellt den Kopf schräg, gibt aber immer noch keinen Laut von sich. „Ach Maus", entfährt es der jungen Frau jetzt, „ich will dich doch auch nicht alleine lassen oder zu jemanden in Pflege geben, aber wenn ich den Job annehmen will, und das muss ich – sonst streicht mir das AMS nämlich das Geld –, hab ich keine Zeit mehr, den ganzen Tag mit dir um die Häuser zu ziehen. Dann heißt es arbeiten von früh bis spät, vielleicht mal eine halbe Stunde Mittagspause, Überstunden für die Karriere, Kongresse und Fortbildungen an den Wochenenden. Und mitkommen darfst du leider auch nicht."

Boffo erhebt sich, geht noch näher zu ihrem Frauchen und legt ihr den Kopf auf die Oberschenkel.

„Schon gut, wir finden sicher eine Lösung", sagt sie laut und krault Boffo hinter den Ohren. „Ich werde einfach noch öfter mal morgens hier vorbeischauen, ob wir die Tante nicht wieder treffen."

Natalie schüttelt den Kopf – sie hat strohblond gefärbte Haare, die zu zwei dicken Zöpfen geflochten waren. Ein paar Stirnfransen, in Lila und Pink eingefärbt, umrahmen ein blasses, aber hübsches Gesicht. Sie trägt weite Klamotten. Der Pullover mit breiten hell- und dunkelgrauen Querstreifen hängt ihr bis fast zu den Knien über die Jeans, die mit einem dünnen Ledergurt festgezurrt sind. An ihren Füßen stecken uralte Doc Martens, die wohl schon auf eine ganze Reihe Vorbesitzer zurückblicken können.

Ingrid sitzt im Büro vor ihrem Computer. Wie jeden Tag. Langsam streckt sie die Hand zu ihrem Termin-Planer aus, schlägt den richtigen Tag auf und beginnt eine Aufgabe nach der anderen abzuarbeiten, die dort schön aufgelistet stehen. Wie jeden Tag. Doch heute schweift sie immer wieder mit ihren Gedanken ab. Blickt zum Fenster hinaus und fragt sich, was es mit diesem Platz denn auf sich hat. Gestern die Geschichte von Herbert mit der weinenden Frau. Heute sitzt sie dort wie eine Obdachlose und wird von diesem jungen Punk-Mädchen angesprochen. Was ist da los? Noch nie hatte sie jemand Fremdes einfach so, mitten auf der Straße angesprochen. Auch nicht im Urlaub und da saß man ja des Öfteren einfach mal längere Zeit auf irgendwelchen Bänken herum. Unproduktiv, so wie sie heute. Unproduktiv. Früher war das für sie eines der schlimmsten Schimpfworte gewesen, die sie kennt. Sie kann das auch nicht. Dieses Nichtstun. Aber im Moment findet sie diesen Zustand sehr einfach und leicht und beinahe ein wenig erheiternd!

Sie blickt sich in ihrem Büro um. Maria, die Sachbearbeiterin, die mit ihr den Raum teilt, ist ganz vertieft in die Lektüre einer Frauenzeitschrift. Mit halb offenem Mund, der gelegentlich ein paar Wörter oder Silben bildet, liest sie. Was denn? Eine Reportage? Wohl kaum, eher noch einen Fortsetzungsroman. Besonders hohe Ansprüche stellt sie nie an ihre Lektüre. Sie lächelt, nimmt sich aber innerlich ein wenig zurück. Sie hat wirklich keinen Grund, negativ über Maria zu denken. Sie ist eine Seele von Mensch, immer gut gelaunt, kann zu nichts und niemandem Nein sagen und erledigt alle ihr zugeteilten Aufgaben bereitwillig. Sie würde mit niemand anderem in diesem Büro sitzen wollen. Ach ja, Büro ... Arbeit! Langsam wendet sie ihre Aufmerksamkeit wieder ihrer Aufgabenliste zu. Sie stöhnt leise. Auch der interessanteste Job wird irgendwann mal zur Routine.

Am frühen Nachmittag kommt sie nach Hause, begrüßt Clara und erzählt ihr von der Begegnung mit dem Mädchen und dem Pudel. Clara freut sich über ihr Kommen und lauscht hingebungsvoll mit leicht schräg gestelltem Kopf den Worten. Ihrem Tonfall kann sie entnehmen, dass sie positiv sind. Das reicht schon, um ihr Hundeherz höher schlagen zu lassen. Frauchen ist glücklich, dann ist sie das auch. Herrchen im Gegensatz dazu macht ihr momentan beinahe etwas Sorgen. Sie runzelt die Stirn. Gerne würde sie Frauchen davon erzählen, aber diese Menschen verstehen oft nur so wenig von dem, was sie ihnen sagt! Jedenfalls ist er nun schon zweimal mit ihr an diesen völlig sinnlosen Platz spaziert! Zwei Mal hintereinander! Gut, auf diesem Platz sind für ihre Hundenase Millionen und Abermillionen Zeitungen ausgelegt, in denen sie lesen konnte, aber nicht mal das hat Herrchen ihr gestattet. Er ist ein wenig auf und ab gegangen und hat in verschiedene Richtungen geblickt, völlig abwesend. Hat so gut wie nicht auf sie geachtet und scheinbar nach irgendetwas gesucht. Nach etwa 10 Minuten war er wortlos umgekehrt und mit ihr denselben Weg heimmarschiert, den sie gekommen waren ... Das tat er sonst nie. Immer sucht er eine schöne Runde für sie aus, beobachtet sie, ihr Verhalten, achtet darauf, dass sie genügend Möglichkeiten hat zu laufen und zu toben und auch andere Hunde zu treffen. Sie ist ja nicht so ein geselliger Hund, der schon beim Anblick eines Artgenossen in totale Begeisterung ausbricht, aber gelegentlich ein wenig zu schnüffeln und beschnüffelt zu werden, ist schon nicht zu verachten!

Frauchen spricht immer noch. „Weißt du was, Clara? Wir beide machen jetzt eine Runde und auf dem

Heimweg können wir dann Klein-Peter vom Hort abholen. Der wird sich freuen, wenn er mit uns nach Hause spazieren darf!" Aufmerksam und mit gespitzten Ohren beobachtet Clara, wie Frauchen zur Leine greift. Noch ein Ausflug – hurraaaa! Dann ging es jetzt wohl endlich auf die Wiese mit den vielen großen Maulwurfshügeln!!! Yippieee!!! Aber halt! Was passiert denn jetzt? Frauchen geht in die gleiche Richtung los wie Herrchen heute Mittag und gestern Abend. Ja, war denn jetzt die ganze Familie völlig gaga?

Eva sitzt in ihrem Zimmer und blickt ins Leere. Es ist ein kahles Zimmer, in dem sie in dieser Kurswoche untergebracht ist. Die Betten stehen an den gegenüberliegenden Wänden, dazwischen ein Tisch mit zwei Stühlen. Karg.

Was hat sie sich nur dabei gedacht? Fährt eine gute Woche auf einen Kurs, der es ihr erleichtern soll, mit 57 Jahren noch eine Stelle zu finden, und verliebt sich so Hals über Kopf, wie sie es das letzte Mal mit 14 getan hatte! Er arbeitet als Hausmeister, gute Seele oder wie er selbst es scherzhaft ausgedrückt hat: DvD – Dodel vom Dienst, im Bildungshaus in der Stadt. Schon das erste Mal, als er den Kursraum betreten hatte, um ein Problem mit einer Steckdose zu beseitigen, war ihr sein aufrechter Gang und die Energie, die er ausstrahlte, aufgefallen. Er war auch nicht mehr der Jüngste – 65 –, arbeitete aber noch Vollzeit, um seine Pension aufzubessern. Er hatte sie nur aus den Augenwinkeln kurz angeblickt, aber als sie am Abend des ersten Kurstages den Raum verließ, um in ihre Unterkunft zu gehen, die sie mit einer „Leidensgenossin" teilte, stand er wie gemalt an die Wand gelehnt und sah ihr lange nach. Zufälligerweise traf sie ihn auch nach dem Abendessen, zu dem die Gruppe später gemeinsam gegangen war, um sich besser kennenzulernen.

Acht Frauen im Alter zwischen 49 und 58 Jahren, alle arbeitslos seit mindestens acht Monaten. Die meisten von ihnen ohne Lehrberuf hatten in Familienbetrieben geleistet, was sie konnten und wurden ausgetauscht, als die Firmen Pleite gingen oder an die Kinder weitergegeben wurden. Alle hatten sie nicht nur in den Betrieben um wenig oder gar kein Geld gearbeitet, sie hatten „nebenbei" auch noch Kinder geboren, den Haushalt geführt und waren jederzeit für ihre Männer dagewesen, wenn sie Unterstützung brauchten. Einige von ihnen hatten in den Dorfwirtshäusern ihrer Wohnorte gearbeitet, oft sieben Tage die Woche, in der Küche, an der Schank, im Service. Wenn die letzten Gäste endlich gegangen waren, hieß es noch putzen und zusammenräumen, alles für den nächsten Tag herrichten. Oder die eine, die 38 Jahre ihres Lebens in dem Geschäft ihrer Schwiegereltern gearbeitet hatte. Vorzugsweise im Lager, Putzen, Regale einräumen, Aufräumen und so weiter. Nur beim Kassieren ließen sie die Schwiegereltern nie ran. Da hatten sie wohl Angst, dass sie nicht klug genug sei und von den Kunden übers Ohr gehauen werden konnte.

Sie seufzt. Sie sind wie eine Herde gestrandeter Wale. Völlig am falschen Platz, in diesem Bildungsinstitut, in dem es vor jungen Menschen nur so wimmelt. Der Kurs heißt „Haushaltswesen".

„Warum", hatte sie am AMS gefragt, „wozu soll ich diesen Kurs machen, das sind Dinge, die ich mein Leben lang gemacht habe?"

„Erstens", antwortete ihr Betreuer, „hätte es wohl wenig Sinn, Sie in einen EDV-Kurs zu stecken. Dieser Zug ist, wie soll ich sagen, für Sie wohl nicht mehr erreichbar. Da gibt es Jüngere, die schneller lernen, einen besseren Zugang haben und mehr Erfahrung, denen dieser Kurs schon nichts mehr bringt. Aber wenn wir Sie in einen Lehrgang für Haushaltsführung geben, wird Ihnen nach nur sieben Tagen ein Zeugnis ausgestellt, dass Sie fähig sind, das zu tun!" Er versuchte seine Stimme begeistert klingen zu lassen. „Für Sie ist die Belastung weniger groß und vielleicht könnten Sie ja in einem privaten Haushalt oder einem Betrieb mit interner Küche unterkommen. Auch Internatsschulen suchen immer wieder fähige Personen fortgeschrittenen Alters, die sich um dies und das kümmern und sich nicht aufführen wie die Jugendlichen selbst!"

Diesem Menschen war ja wirklich nichts zu peinlich!

„Und wozu brauche ich dazu dann noch einen Kurs? Das kann ich doch alles, haben Sie denn nicht zugehört? Ich habe Ihnen doch erzählt, dass ich vier Kinder großgezogen habe, in der Firma meines verstorbenen Mannes die Buchhaltung gemacht und mich um das Personal gekümmert habe!"

„Ja, schon, liebe Frau Summen, aber das hilft Ihnen doch nicht weiter, wenn nur wir beide das wissen. Wenn Sie ein Zeugnis haben, ist das eben ein schriftlicher Nachweis dafür und das wiederum hilft Ihnen bei der Stellensuche. Und außerdem sind wir beim AMS ja auch verpflichtet, für Sie einen Kurs oder eine Schulung zu finden. Sonst werden Sie ab kommendem Monat leider nur mehr Notstandshilfe beziehen können."

Sie schüttelte resigniert den Kopf. „Na gut, dann mach ich eben diesen Kurs. Vielleicht fällt Ihnen ja mal eine Kursleiterin aus, dann können Sie sich vertrauensvoll an mich wenden – bis dahin habe ich dann auch einen schriftlichen Nachweis, dass ich kann, was ich kann."

„Frau Summen, seien Sie doch nicht so skeptisch, zynisch und kritisch! So einen Kurs könnten Sie natürlich nicht leiten. Sie haben dadurch ja noch keinen Nachweis, dass Sie auch Kurse geben könnten!"

Sie stand auf und ging. Verließ das Büro, das Gebäude, die Straße. Erst zu Hause sah sie sich die Unterlagen noch einmal genauer an, die er ihr in die Hand gedrückt hatte. Na gut, dann eben auf in die Stadt, zur Schulung der alten Frauen!

Die Geschichten, die sie sich am ersten Abend gegenseitig erzählten, waren fast alle gleich. Es gab wohl auch AMS-Mitarbeiter, die selbst zugaben, dass diese Kurse eine Farce waren und hauptsächlich den Zweck hatten, möglichst viele Arbeitslose in Schulungen unterzubringen, weil dadurch die Monatsstatistik geschönt werden konnte. Aber geholfen hatte das keiner. Der Kurs war Pflicht, sonst wurde das Arbeitslosengeld gekürzt oder auf Notstandshilfe umgestellt.

Also waren sie alle angereist. Um ein besseres Gruppengefühl entwickeln zu können, wurden sie alle im Bildungsheim untergebracht. Gruppengefühl für Haushaltsführung? Sie würden ja keine Oldies-WG gründen, sondern in einer Woche alle wieder in die verschiedensten Himmelsrichtungen nach Hause strömen, um erneut den aussichtslos scheinenden Kampf gegen eine Überzahl an Mitbewerbern für die einfachsten Arbeitsangebote auszufechten.

Aber für den Moment sitzen sie zusammen, reden, lachen, suchen Parallelen in ihren Leben und scheinen sich doch irgendwie wohlzufühlen. Sie steht als Erste auf und verabschiedet sich, mit der Begründung, früh schlafen gehen zu wollen, weil sie in der Vornacht vor Sorge kaum geschlafen hatte. Macht sich alleine auf den kurzen Weg zurück und – da ist er schon wieder! Kommt ihr beim Eingang des Heimes entgegen, lächelt sie an, nickt grüßend mit dem Kopf und hält ihr dann sogar noch die Eingangstür auf!

„Sie sahen heute so verloren aus", sagt er. „Aber mittlerweile scheinen Sie sich gut eingefunden zu haben. Hier im Kurs und in der Gruppe", spricht er weiter und geht – etwa einen halben Meter schräg hinter ihr – ein Stückchen mit. Sie bleibt stehen und schaut ihn an.

„Entschuldigen Sie, wenn ich so direkt frage, aber was machen Sie denn noch hier? Es ist kurz nach neun und Sie haben heute Vormittag schon hier gearbeitet. Haben Sie etwa 24 Stunden lang Dienst?"

Er ist kurz irritiert, behält aber sein Lächeln bei und schaut sie offen an. „Nein, nein, keine Sorge. Ich bin kein Fall für die Gewerkschaft!"

Sie muss schmunzeln.

„Ich habe ganz offiziell um 17 Uhr meinen Dienst hier beendet. Zwar gibt es eine Art Bereitschaft, aber die teilen sich insgesamt sieben Arbeiter und Angestellte, die hier in irgendeiner Art und Weise tätig sind. Das heißt, dass ich ca. alle zwei Monate einmal ein Diensttelefon umgehängt bekomme, und das ist's."

„Ja, aber, jetzt weiß ich noch immer nicht, was Sie hier machen?"

Eva gibt nicht auf. Noch immer steht er in einem gewissen Abstand zu ihr.

„Ich könnte jetzt behaupten, ich wache hier, ob auch alle Kursteilnehmerinnen gut nach Hause kommen, aber das wäre übertrieben. Auf Sie habe ich allerdings gewartet." Sie ist baff. So viel Offenheit hat sie nun wirklich nicht erwartet. Eher ein „Ich war gerade noch auf dem Weg und habe Sie von Weitem kommen sehen" oder ein „Bin gerade selbst heimgekommen, mein Zimmer ist auch hier im Gebäude" oder etwas in der Art. Sie weiß auch gar nicht, was sie nun sagen soll.

„Habe ich Sie jetzt aus dem Konzept gebracht?", fragt er. „Ich wollte Sie wirklich nicht vor den Kopf stoßen. Aber wie ich schon gesagt habe – heute Vormittag, als ich Sie sah, wirkten Sie so verloren auf mich. Ich hätte mich zu gerne neben Sie hingesetzt und Ihnen zugehört, wenn Sie mir aus Ihrem Leben erzählen."

„Ich … ahhh … aus meinem Leben? Was meinen Sie damit? Und … wieso verloren?" Sie hat scheinbar einen akuten Anfall von Sprachverwirrung oder kann aus irgendeinem ihr unbekannten Grund keine ganzen Sätze mehr bilden. „Ich meine, also … nein."

„Was – nein?", fragt er und wartet geduldig auf eine Antwort.

„Nein, ich bin nicht verloren! Wie kommen Sie auf diese Idee?"

„Ich behaupte ja nicht, dass Sie es sind. Nur auf mich wirkten Sie so, als ob Sie nicht wüssten, was Sie in diesem Raum mit der Kursleiterin und den anderen Damen überhaupt sollten." Jetzt lächelt sie auch.

„Das allerdings stimmt wirklich. So ein Quatsch. Was uns das wohl bringen soll, weiß keiner. Aber Hauptsache, die Statistiken stimmen. Wobei, heute Abend hatten wir wirklich Spaß zusammen – obwohl wir uns kaum kennen!"

„Warten Sie ab. Das ist in neuen Gruppen oft so. Nach zwei Tagen kommen dann die ersten Reibereien, ab dem dritten gibt es offene Rivalität und zwischen Tag 5 und Tag 7 eskaliert die ganze Situation und alle sind froh, wieder nach Hause fahren zu dürfen. Ganz selten passiert es, dass die Eskalation schon am vierten oder fünften Tag stattfindet, dann besteht sogar die Chance auf eine Art Versöhnung und auf Wiederfinden des Gruppengeistes und alle gehen im Guten auseinander. Das ist aber von der Gruppe und der jeweiligen Leiterin abhängig."

Fasziniert steht sie da und hört ihm zu. Wovon zum Kuckuck redet dieser Mann? Er scheint ihren Blick gut deuten zu können und lacht.

„Nein, keine Sorge, ich bin nicht einer dieser Hobbypsychologen. Ich war lange Zeit im Bereich Gruppendynamik und Arbeitsleistung tätig. Aber irgendwann hatte ich keine Lust mehr, Gruppen und Arbeitsteams durch ihre Hochs und Tiefs zu führen, also beschloss ich, meine Selbstständigkeit zu beenden und mich nur noch mit Dingen zu beschäftigen, die ich auch angreifen kann. Was liegt da näher, als einen Handwerksberuf zu ergreifen. Aber das Beobachten kann ich einfach nicht lassen. Ich betrete einen Raum, nehme die Stimmung wahr, sehe mir an, wie die Verteilung im Raum ist, wer spricht, wer hört zu, wer ist abwesend, wer beobachtet selbst. Und dann rattert dieses gute alte Teil" – er deutete auf seine Stirn – „einfach los und liefert Theorieansätze, Vorahnungen über die Entwicklung der Gruppe und so weiter und so fort. Sie fielen heute einfach aus diesem Schema etwas heraus. Sie nahmen sich zwar nicht selbst heraus, schienen aber irgendwie außerhalb der Gruppe zu stehen. Und siehe da, wer verlässt als Erste den gemeinsamen Abendmahltisch?"

Verwundert hört sie ihm zu. Sie blickt ihn noch einmal genauer an. Er war ihr ja schon aufgefallen, allerdings wusste sie da noch gar nichts über diesen Mann. Nur seine Ausstrahlung war es gewesen, die sie aufschauen und mit ihren Blicken verfolgen ließ. Sie schüttelt langsam den Kopf: „Sie sind unglaublich." Hoppla, das wollte sie gar nicht laut sagen, aber jetzt war es heraußen. Sie versucht zu erklären: „Sie wissen so viel, sehen und verstehen und arbeiten hier nur als Hausmeister?" Fragend blickt sie ihn an. Er wirkt verwundert.

„Ja, aber wieso denn nicht? Ich habe Ihnen doch

erklärt, warum. Ein Hausmeister muss ja nicht aus Prinzip dumm sein!"

„Nein, nein, das wollte ich ja gar nicht behaupten", versichert sie ihm schnell, „ich finde nur ... nein, ich finde es sehr ungewöhnlich, was Sie tun und frage mich, warum Sie ... Nein", sie beißt sich auf die Lippen, „jeder versucht doch nach außen hin mehr darzustellen, als er eigentlich ist."

Jetzt lacht er laut auf. „Aber das tue ich doch auch! Ich nenne mich Hausmeister, dabei habe ich noch nie in meinem Leben eine Lehre als Tischler, Elektriker, Installateur oder etwas Ähnliches beendet. Sie könnten es ja von der handwerklichen Seite sehen, dann wäre ich ein Hochstapler, wie die meisten von uns." Er deutet eine kleine Verbeugung an. „Ich hoffe, ich sehe Sie morgen", sprach's und geht langsam und gemächlich davon.

Völlig verwirrt geht Eva auf ihr Zimmer. Beim Auskleiden wird sie die Gedanken an diesen Mann einfach nicht los. Einem Impuls gehorchend tritt sie ans Fenster und blickt hinaus. Dort steht er, den Blick auf ihr Fenster gerichtet, und scheint zu lächeln.

Viel Schlaf bekommt sie nicht in dieser Nacht. Zu viel geht ihr durch den Kopf, zu viel beschäftigt und beunruhigt sie. So liegt sie auch noch hellwach, als Ilse, ihre Zimmerkollegin, kurz nach Mitternacht leise ins Zimmer schleicht und sich bei abgewendeter Nachttischlampe zum Schlafen bereit macht.

Am zweiten Tag des Kurses fühlt sie sich deshalb auch sehr müde und schaumgebremst. Lethargisch lauscht sie den Worten der Kursleiterin, hört sich zwar an, was da an Worten auf sie zukommt, kann sie aber nicht aufnehmen und verdauen. Sie kritzelt etwas auf dem Block herum, um den Eindruck zu erwecken, aufmerksam zuzuhören und sich Notizen zu machen. Trotzdem wandert ihr Blick immer wieder zur Uhr. Die Zeit vergeht heute einfach nicht. Trotzdem ist irgendwann die Mittagspause da und sie schlüpft aus dem Kursraum. Sie hat beschlossen, sich eine Kleinigkeit in dem Supermarkt zu kaufen, den sie gestern Abend auf ihrem Heimweg vom gemeinsamen Essen entdeckt hat. Dort steht sie zuerst, aus Gewohnheit, schon bei der Gemüsewaage, einen Brokkoli in der Hand, als ihr wieder einfällt, dass sie ja gar keine Kochgelegenheit hat. Also legt sie das Stück schnell wieder zurück und wendet sich dem Kühlregal zu, in dem fertige Salate, Sandwichs und kleine Snacks zu finden sind.

„Na, was gibt es denn heute Gutes?", hört sie eine tiefe Stimme hinter sich. Sie dreht sich um und blickt in ein lächelndes Gesicht. „Ich bin mir wirklich nicht sicher, ob Sie das essen sollten", spricht er weiter, „Sie verderben sich ja den ganzen Appetit für heute Abend!"

„Wieso verderben? Was meinen Sie denn?" Sie stottert ja schon wieder! Was tat dieser Mann denn mit ihr?! „Ach, ich hätte Sie gerne zum Essen eingeladen. Es gibt da eine wirklich fantastische Pizzeria ganz in der Nähe, die kaum von Kursteilnehmern frequentiert wird. Haben Sie Lust?"

Sie schaut abwechselnd auf seinen Mund, aus dem so viele Worte kommen, und auf den Nudelsalat in ihrer Hand. „Ich, ja, schon. Aber wieso? Also ich meine ..." Wieder lächelt er. „Das klären wir dann alles heute Abend. Ich hole Sie um halb sieben beim Haupteingang ab. Und übrigens: ich heiße Hubert. Und Sie?"

„Eva", bringt sie gerade noch heraus, dann legt sie die Schüssel mit dem Salat zurück ins Regal und geht aus dem Geschäft.

Den restlichen Tag verbringt sie wohl irgendwie, aber sie kann sich später beim besten Willen nicht mehr daran erinnern, wie! Nach dem Kursende bleiben die anderen Frauen noch stehen und besprechen, wohin sie denn an diesem Abend essen gehen würden. Sie geht an ihnen vorbei, als eine ihr nachruft: „Eva, was ist denn los? Du gehst doch heute auch wieder mit, oder?"

Eva bleibt stehen und sagt nur: „Nein, heute nicht, ich hab schon was anderes geplant."

Wie in Trance sitzt sie auf dem schmalen Bett ihres Zimmers und überlegt, was diese Einladung wohl zu bedeuten hat. Gar nichts, schilt sie der vernünftige Teil in ihr. Ihr Bauch lässt aber auf etwas anderes schließen. Sie beschließt, sich nicht umzuziehen, sich nicht herauszuputzen wie eine dumme Siebzehnjährige. Kurz vor dem verabredeten Zeitpunkt springt sie trotzdem auf, kramt in ihren Kleidern herum und zieht noch schnell eine frische Bluse an, frisiert sich im Badezimmer und legt ein klein wenig Lippenstift auf.

Er führt sie, wie versprochen, in die kleine Pizzeria, sie waren um diese Uhrzeit die ersten Gäste. Er bestellt Rotwein für sie beide und nachdem sie die Karte studiert und sich entschieden haben, was sie essen wollen, beginnen sie zu reden. Er ist ein guter Gesprächspartner und plötzlich erzählt sie aus ihrem Leben. Von ihrer zu kurzen Kindheit, der unausgelebten Jugend, ihrer frühen Heirat, die nicht aus Liebe geschah, aber trotzdem zu einer guten und zufriedenen Ehe geführt hatte. Sie spricht über die Probleme, die sie nach seinem frühen

Tod gehabt hatte, über die Arbeit, die sie schließlich in der Dorfwirtschaft angenommen, aber mit der Übernahme des Betriebs durch die Juniorchefin auch wieder verloren hatte. Die wollte keine ungelernten Küchenhilfen mehr. Wobei sie dort kaum etwas verdient hatte, für die vielen Stunden, die sie gearbeitet hatte. Dann ihre Ängste, keine Arbeit mehr zu finden, ihre ersten Versuche, über die sie jetzt selbst den Kopf schüttelt. Wie naiv sie gewesen war! Sie hatte ja keinerlei Abschlüsse, Zeugnisse, noch nicht mal Arbeitszeugnisse von ihren bisherigen Arbeitsstellen!

Hubert hört den ganzen Abend geduldig zu, stellt kluge Zwischenfragen und hält so ihren Erzählfluss aufrecht. Sie bemerkt kaum, wie die Zeit vergeht. Plötzlich aber hört sie die Stille um sich. Sie blickt sich um und stellt fest, dass sie die letzten Gäste sind. Alle anderen Tische sind schon wieder leer und abgeräumt, im hinteren Teil des Lokals stehen die Stühle schon am Tisch. Sie wird nervös.

„Wir sollten gehen", sagt sie.

Auch er blickt sich um, schaut dann auf seine Uhr und meint: „Nein, nein. So spät ist es noch gar nicht. Der Wirt hätte uns schon gesagt, wenn Sperrstunde wäre."

„Aber vielleicht möchte die Kellnerin auch mal früher Schluss machen."

Wieder sieht er sie mit diesem offenen Blick an. „Da spricht jetzt wohl die Berufserfahrung aus dir. Na gut, wenn es dir unangenehm ist, können wir ja gehen." Er ruft die Kellnerin und bezahlt trotz ihrer Widerstände für beide. „Dafür darfst du jetzt das Lokal aussuchen, in das wir noch auf ein Glas Wein gehen", sagt er, als sie zusammen auf dem Gehsteig stehen.

„Nein, ich habe doch Kurs und außerdem kenne ich

mich doch gar nicht aus hier", stammelt sie.

Verschmitzt lächelt er. „Keine Sorge, das war ein Scherz. Aber vielleicht magst du ja morgen Abend wieder mit mir ausgehen?"

So ist es dann auch. Der Kurstag, die Gruppe, die mit ihren Leidensgenossinnen verbrachte Mittagspause, ja sogar das Gespräch am Morgen in ihrem Zimmer mit Ilse hinterlassen keine bleibenden Erinnerungen. Sind wie im Nebel. Scheinen gar nicht wirklich real zu sein. Sind so unwirklich, dass sie sich kaum daran erinnern kann. Einzig die Minute, in der sie vor die Tür tritt und ihn auf der gegenüberliegenden Seite des Platzes erblickt, DAS ist Leben. Sie muss sich zusammenreißen, um nicht auf ihn zuzulaufen und ihn zu umarmen. Trotzdem wird sie schneller und bleibt schier atemlos von ihm stehen. „Da bist du ja", sagt er.

„Ja, du auch! Was wollen wir machen?"

„Hättest du vielleicht Lust auf ein kleines Abenteuer?"

Ein Abenteuer – was könnte er damit meinen?, geht es ihr durch den Kopf. Sie sieht an sich herunter. Ist sie für ein Abenteuer denn auch richtig angezogen? Wann hat sie sich das letzte Mal Gedanken über korrekte oder passende Kleidung gemacht? Ratlos sieht sie ihn an. „Was meinst du damit?" Jetzt klingt sie plötzlich wieder schüchtern.

„Hm ... wenn ich dir das verrate, ist es sicher nicht mehr so lustig, aber so, wie du mich ansiehst, läufst du mir gleich davon, wenn ich es nicht tue!" Er lacht auf. „Keine Sorge, ich will einfach einen etwas anderen Abend mit dir verbringen. Nicht einfach nur Essen gehen und reden. Lass uns etwas Außergewöhnliches tun."

Während er das sagt, hat er sich einfach bei ihr untergehakt und beginnt, Richtung Osten loszugehen.

„Lass uns doch gemeinsam überlegen, was ein außergewöhnlicher Abend sein könnte."

Sie ist noch immer ratlos. „Das müsste dann ja etwas sein, was sonst niemand macht?", fragt sie. „Nein, nicht unbedingt. Für jemand anderen kann das etwas völlig Alltägliches sein. Aber nicht für uns beide. Wir könnten zum Beispiel durch dieses wunderschöne Villenviertel der Stadt gehen und uns Geschichten über ihre Bewohner ausdenken", sagt er.

„Oder wir erzählen uns, welches Leben wir selbst in diesen Villen leben", ergänzt sie.

„Das ist natürlich noch besser, da hast du wohl die Trumpfkarte in der Hand. So machen wir es."

„Und anschließend brechen wir noch in eine der Villen ein, plündern den Kühlschrank und kleiden uns in einem mondänen Anziehzimmer völlig neu ein. Dann schreiben wir noch einen Dankesbrief und lassen als Zeichen dafür unsere jetzige Kleidung dort liegen", ergänzt sie ihre Idee. Jetzt ist er an der Reihe verblüfft zu schauen. Er blickt nun in ein vergnügtes Gesicht, dem anzusehen ist, dass sie ein Lachen unterdrücken muss.

„Na, da hast du mich jetzt aber drangekriegt, ich glaube, ich habe dich unterschätzt!"

„Wie weit ist es denn zu diesem Villenviertel?", fragt sie ganz sachlich, nachdem sie eine Weile gemeinsam gelacht haben. „Nur etwa 20 Minuten zu Fuß und der Abend ist ja noch so lau. Falls wir später zu müde sind, um zurückzugehen, nehmen wir uns einfach einen Jaguar und fahren zurück!"

„Ja", meint sie, „oder einen Bentley."

Ingrid, Herbert und Peter sitzen beim Abendessen. Die Stimmung ist gut, sie unterhalten sich über den Tag. Clara liegt im Gang und schläft. Ihr Hundehimmel ist wieder in Ordnung. Ihre Menschen sind wieder in ihre alten Gewohnheiten zurückgefallen. Keine vermehrten Spaziergänge mehr in die Stadt, sie darf wieder frei laufen auf ihren angestammten Wegen, wo sie weiß, welcher ihrer Artgenossen hinter welcher Hecke lebt, und sie begierig die Tag für Tag neu gesetzten Duftmarken liest, die links und rechts entlang der Straße von ihnen hinterlassen werden. Mit einem Ohr hört sie auf das Gekratze der Gabeln und Messer auf den Tellern ihrer Menschen. Seltsame Sitten haben die. Brauchen zum Essen Metallhilfen, zum Spazierengehen zwei Häute über die Füße, den Körper und oft auch über den Kopf. Aber sie liebt sie trotzdem. Plötzlich kommt ein Geräusch an das andere, bisher ruhende Ohr. Was ist denn da auf der Straße vor ihrem Garten los? Sie lauscht, den Kopf steil in die Höhe gereckt. Wer treibt sich da vor ihrem Haus herum?

Auf der anderen Seite der Haustür, des Gartens und des kunstvoll geschmiedeten Gartentores stehen Eva und Hubert. Sie sind immer noch untergehakt, stehen da und bewundern das Haus. Den warmen Lichtschein, der durch die dreiviertel geschlossenen Leinenvorhänge nach draußen fällt. Es ist genau richtig groß, nicht zu klein, sodass genügend Platz da ist, nicht zu groß, dass es zur Belastung werden würde. Der Garten ist in der Dunkelheit nicht mehr gut zu sehen, aber das Eck, das von der nächsten Straßenlaterne angeschienen wird, wirkt gepflegt, ohne deswegen beamtisch übertrieben ordentlich zu sein.

„Weißt du, am meisten verabscheue ich die Gärten, die so angelegt werden, damit sie möglichst wenig Arbeit machen", sagt Hubert. „Da frag ich mich immer, wozu diese Menschen einen Garten haben. Die nächste Stufe ist dann, dass sie alles zuschütten und Steinplatten verlegen."

„Was meinst du damit?"

„Na eben solche Gärten, in denen es nur Rasen, ein paar Nadelbäume und vielleicht, wenn es hochkommt, noch ein paar Beete mit Bodendeckern gibt. Die Bäume werfen kein Laub ab, die Beete müssen nicht gejätet werden und den Rasen kann man jede Woche unter lautem Geknattere mähen, damit auch ja nur alle in der Nachbarschaft hören können, wie ordentlich man ist! Bei mir dürfte ein Garten ein paar schöne Gemüsebeete haben, Himbeer- und Johannisbeersträucher. Vielleicht ein oder zwei Obstbäume, ein verwunschenes Eck mit einer schattigen Sitzgelegenheit für die wirklich heißen Tage. Um das Haus herum Blumen, Blumen, Blumen und vielleicht der eine oder andere Blühstrauch."

Eva sieht ihn an. „Das hast du alles schon ganz genau im Kopf?"

„Ja", antwortet er, „ich träume ja schon seit Jahren von einem eigenen Garten. Früher, als ich noch erfolgreich war, hatte ich oft Siebzig-Stunden-Wochen, da wäre keine Zeit geblieben. Danach fehlte es mir an Mut, mit meinem Ersparten den Schritt zu einem eigenen Häuschen zu tun." Er überlegt kurz. „Wie sieht es denn damit bei dir aus?"

„Ach, ich lebe in der Wohnung, in die ich nach der Heirat mit meinem Mann gezogen war. Sie liegt allerdings in einem sehr kleinen Haus und das hat auch einen Garten außen rum. Um den kümmert sich allerdings die Frau Müller, die im Erdgeschoß wohnt, auch wenn wir eigentlich alle Zutritt dazu hätten."

Ein älterer Mann geht an ihnen vorbei, sieht sehr lange und prüfend in ihre Richtung und dreht sich, auch als er schon vorbei ist, noch einige Male nach ihnen um.

„Komm", sagt Eva, „lass uns gehen. Nicht dass der da noch die Polizei verständigt!"

„Na ja, wir tun ja nichts Verbotenes. Aber ich kann schon verstehen, dass die Menschen verunsichert sind. Wir beide sehen ja wirklich furchteinflößend aus."

Langsam machen sich die beiden wieder auf den Rückweg und kehren später in einer kleinen Bar ein, um noch ein Glas Wein zu trinken und zu reden, zu reden und zu reden. Eva ist noch völlig beschwingt, als sie ihr Zimmer betritt. Es war ihr nicht bewusst gewesen, wie sehr ihr diese Art von Gesprächen fehlte, diese Vertrautheit. Dabei kennt sie Hubert doch erst seit Kurzem! Als sie das Zimmer betritt, ist Ilse noch wach.

„Ach, ist dein Rendezvous denn schon vorbei?", fragt diese spitz. „Ist ja kein Wunder, dass du dich nicht mehr mit uns abgibst."

Was ist denn mit der los, fragt sich Eva betroffen. Gerade Ilse, die immer so ruhig, schüchtern und zurückhaltend gewesen ist. Schon vom ersten Tag an. Laut fragt sie: „Ilse, was ist denn los, habe ich dich beleidigt?"

Funken scheinen aus Ilses Augen zu sprühen, als sie sie ansieht, höhnisch auflacht und sich dann wortlos umdreht.

„Ilse, jetzt sag doch, was los ist!" Sie steht ziemlich hilflos mitten im Raum.

Ilse schüttelt nur den Kopf und zischt leise: „Du hältst dich wohl wirklich für etwas Besseres. Wir Weiber machen hier einen Kurs, um uns unser Leben in Zukunft finanzieren und leisten zu können, aber du hast so was ja nicht nötig. Nein, die feine Dame schnappt sich einfach den erstbesten Mann, lässt sich von ihm ausführen und scheißt auf uns!"

„Aber Ilse, ich mache doch genau denselben Kurs wie wir alle, aus genau denselben Gründen. Und ich werde am Ende dieser Woche wieder nach Hause fahren und Bewerbungen schreiben, sie abschicken und hoffen. Ich werde genau wie ihr alle weitermachen, wo ich letzte Woche aufgehört habe. Dass ich hier mit Hubert ein paar nette Stunden verbringe, hat doch nichts damit zu tun. Den Kurs mache ich ja genauso fertig!"

Ilse sieht sie nun an, vielleicht etwas unsicherer als vorher. „Ja, red du nur. Wir wissen doch alle, warum du hierher gekommen bist. Erst so tun, als wärst du eine von uns, und dich dann am ersten Abend schon davonschleichen, um dich mit deinem Liebhaber zu treffen."

Und dabei sind wir doch gar nicht so weit, denkt Eva jetzt traurig. Sie setzt sich aufs Bett und fühlt sich plötzlich ganz elend. Was tut sie hier wirklich? Was glaubt sie, ist nach dieser Woche? Was sollte das heute Abend, mit dem „wir überlegen, wie wir beide in dieser

Villa leben würden"? Wieso theatert sie sich in eine Beziehung, die keine werden kann, weil sie keine Zukunft hat? Hat sie nicht? Warum eigentlich? Sie sind beide erwachsen (kann man so sagen), ungebunden (sie ja, aber was ist mit Hubert)?

Ingrid sitzt alleine im Schlafzimmer und schaut aus dem Fenster. Sie fragt sich, wo momentan diese Müdigkeit in ihr herkommt. Das kennt sie nicht, das ist völlig neu für sie. Am liebsten würde sie sich einfach nur zurückfallen lassen, auf das ungemachte Bett, die Augen schließen und so, wie sie ist, in Arbeitskleidung einschlafen, durchschlafen bis morgen früh. Achtzehn Stunden nur schlafen. Was in der Zwischenzeit passieren würde, ist ihr egal, sie ist müde und will nicht mehr kämpfen. Wofür denn auch? Für ihre Ehe? Sie hat das Gefühl, wenn sie nachlassen würde sich zu bemühen, würde die Ehe auseinanderbrechen wie ein gefrorener Apfel, den man auf den Boden fallen lässt. Sie hatte so ein Experiment mal im Fernsehen gesehen. Da tauchten die Wissenschaftler den Apfel in flüssigen Stickstoff und ließen ihn anschließend fallen. Es sah aus wie eine universelle Sternenexplosion. Die einzelnen Teilchen zerstoben so fein wie Glassplitter und nichts konnte wieder gutgemacht werden. Ist es das, wovor sie sich fürchtet? Dass, wenn es einmal zu einem Riss in ihrer Beziehung kam, dieser nicht mehr zu kitten sein würde? Bemüht sie sich deshalb wie eine Wahnsinnige, immer den schönen Schein zu wahren? Nach außen, nach innen, sich selbst gegenüber genauso wie gegenüber Herbert und Peterchen? Sogar Clara lügt sie manchmal an. Wozu denn das alles? Hat sie so viel Angst, was ans Tageslicht kommen würde, wenn die äußere Form mal nicht mehr da wäre?

Ja – hat sie. Die Schutzschicht ihrer Ehe. Das Bild, das sie nach außen hin abgeben. Was, wenn daraus ein kleiner, stinkender Kern krabbeln würde? Sie hat ganz bestimmte Vorstellungen von ihrem Leben und die kann und will sie einfach nicht aufgeben. Darauf ist schließlich ihr ganzes Leben ausgerichtet!

Aber jetzt, diese bleierne Müdigkeit. Ihr ist einfach nur mehr alles egal. Sie will die Augen zumachen, nichts mehr sehen, nichts mehr hören, nicht mehr denken müssen, nicht mehr aufstehen, handeln, aktiv sein. Was wäre denn, wenn sie einfach mal für vier Wochen wegfahren würde? Sie könnte ja heute Abend, wenn Herbert nach Hause kommt, einfach mal sagen: Du, was ich dir noch sagen wollte, ihr müsst ab kommenden Montag mal eine Zeit lang alleine über die Runden kommen. Ich klink mich mal aus. Dieser Satz hatte was: Ich klink mich mal aus. Ich klink mich mal aus. Einfach nicht mehr zuständig sein. Geht das? Sie würde es nur herausfinden, wenn sie es ausprobierte. Sie steht auf, langsam, mühsam, wie eine alte Frau. Sie geht zu ihrem Kleiderschrank.

„Maaaaamaaaaa!", tönt es aus dem Erdgeschoß zu ihr. „Wooo biiiist duuuuu?"

Sie erschrickt. Was tun? Sie wollte sich doch gerade ausklinken, sollte sie sich nun wieder zurückklinken? Geht das überhaupt?

Peter schreit weiter: „Maaaaaaaamaaaaaaaaa!"

Plötzlich ist sie wieder müde. Sie öffnet die Schlafzimmertür einen Spalt und ruft mit ruhiger Stimme: „Was ist denn, mein Schatz? Mami ist hier heroben, ich habe ein wenig Kopfweh und will mich ausruhen. Brauchst du etwas?"

Schnaufend, wie ein Extremsportler nach einem Wettkampf, kommt Peter die Stiege heraufgestürmt. „Mami, was ist mit dir?"

„Nichts, mein Schatz. Ich habe Kopfweh, weißt du, so wie du vor drei Monaten. Da war dir immer schwindlig und wenn du zu viel herumgelaufen bist, wurde dir ganz elend. So ähnlich geht es mir heute auch. Deswegen lege ich mich jetzt ein bisschen in mein Bett und ruhe mich aus. Aber wenn du etwas brauchst, kommst du herauf und rufst nach mir. Ist das in Ordnung?"

„Ja, Mami, aber ich wollte doch, dass du mit mir spielst. Verena ist nicht da und Susi auch nicht und mir ist langweilig, Mama."

Sie sieht etwas verwundert in seine Richtung. Was hat er gesagt? Sie hört zwar seine Stimme, kann aber die Worte nicht verstehen. Spricht er in einer fremden Sprache? Sie streicht ihm mit der Hand über seinen Kopf, mit den unglaublich weichen, leicht gelockten Haaren.

„Weißt du was, wenn ich mich ausgeruht habe, könnten wir beide doch Kekse backen. Das hat dir doch immer soviel Spaß gemacht."

„Kekse? Aber wieso denn, es ist doch gar nicht Weihnachten. Was hast du denn, Mami, du schaust so komisch."

„Ja, genau. Kekse. Ich bin mir sicher, wir haben noch genügend Eier und Mehl. Und außerdem …" Sie spricht nicht weiter, dreht um, geht ins Schlafzimmer und schließt die Tür hinter sich. Peter sieht ihr sprachlos nach. Das ist ihm ja noch nie passiert. Mittlerweile gesellt sich auch Clara zu ihm, die immer noch auf ihren Spaziergang mit Frauchen wartet. Sie erfasst die Situation instinktiv, trabt ins Erdgeschoss zur Haustür, setzt sich davor und beginnt zu winseln.

Eva ist ratlos. Die Frauen in ihrem Kurs werden immer feindseliger. Sogar die Kursleiterin scheint sie mit einem abfälligen Blick anzusehen. Was tun? Sie muss mit Hubert reden. Nein, noch haben sie ja gar nicht geredet. Also sie schon. Sie fand das so wunderbar erholsam, als sie redete und erzählte und er ihr aufmerksam zuhörte. Sie war so etwas nicht gewöhnt. Aber jetzt stellt sie fest, dass sie dadurch noch gar nichts von ihm weiß! Ja, ein klein wenig über seine berufliche Laufbahn hat er ihr erzählt. Seine Weigerung, seinen Erfolg bis zum Erbrechen auszukosten, wie er es genannt hat. Aber sonst? Er spricht nicht viel über sich, sein Privatleben, sei es jetzt oder früher. Ist das, was ihr hier im Kursraum entgegenströmt, wirklich nur Neid? Oder ist da noch etwas anderes dahinter? Fühlen sich da einige der Kolleginnen links liegen gelassen? Ja, da waren Jüngere als sie, Hübschere, Schlankere. Aber ist das alles? Wissen sie etwas, was sie nicht weiß? Gibt es da etwa schon oder noch noch eine andere Frau in seinem Leben?

Hallo? Wohin versteigt sie sich jetzt in ihren Gedanken? Sie sieht zum Fenster hinaus. Was da vorne gerade über die Zusammenstellung von Nährstoffen erzählt wird, interessiert sie nicht im Geringsten. Sie versucht, sich selbst zur Ordnung zu rufen, aber wenn sie ehrlich ist, ganz ehrlich mit sich selbst, hofft sie, glaubt sie, wartet sie schon darauf, die nächste Nacht ganz mit Hubert zu verbringen. In seinen Armen zu liegen, mit ihm zu schlafen. Ihn zu riechen und zu schmecken. Was macht es schon, wenn sie noch sehr wenig über ihn weiß? Das kann sie ja ändern. Und zwar heute Abend schon. Bis jetzt hat immer er die Regie geführt, aber heute würde sie den Ablauf des Abends bestimmen. Nur wie? Treffen, reden, wenn okay, dann Sex? Kann sie das überhaupt? Nicht dass sie prüde ist, aber sie ist einfach nicht so ein berechnender Mensch. Zwar wäre es ihr mehr als recht, wenn es so ablaufen würde, aber sie will nicht den aktiven Part übernehmen. Sie würde ihm folgen, wenn es in diese Richtung ginge, aber selbst die Richtung vorgeben? Nein, das ist einfach nicht sie. Aber zumindest den ersten Teil will sie bestimmen. Also heute würde sie ihn befragen. Ihn erzählen lassen, zu seiner momentanen Situation, seiner privaten. Sie ist schon sehr gespannt, was sie von ihm erfahren wird.

„Könnte ich nun bitte wieder die Aufmerksamkeit ALLER Teilnehmerinnen haben, bitte schön!?", klingt laut und schneidend die Stimme der Kursleiterin durch den Raum. Eva schluckt, alle anderen stehen um den großen Werktisch herum und blicken mit entnervtem Gesichtsausdruck auf sie.

„Entschuldigung", stammelt sie, „ich war wohl in Gedanken." Ein paar sehen entnervt zur Zimmerdecke, eine seufzt, eine schnaubt verächtlich durch die Nase.

„Kommst du jetzt endlich, damit wir hier weitermachen können?"

„Ja, ja, ich bin schon bei euch." Sie steht auf und stellt sich in die Runde, in der sie sich noch nie so unwohl gefühlt hat wie in diesem Moment.

Hubert sitzt zur gleichen Zeit in seiner Hausmeisterkajüte, wie er sie liebevoll nennt, und liest. Zeitungen, das Tagesgeschehen. Er hat immer gerne gelesen. Bücher, hauptsächlich Fachbücher. Hier in diesem Job hat er nun ausreichend Zeit dazu. Nicht, dass er nichts zu tun hätte, aber nachdem er so eine Art Anwesenheitspflicht hat, während der Hauptzeit der

Kurse, und die meisten seiner Arbeiten dann erledigt, wenn die Räume wieder oder noch frei sind, kann er oft ein paar Stunden ungestört mit seinen Zeitungen verbringen.

Er hat keinen fix vorgegebenen Tagesablauf, erledigt aber die meisten Arbeiten im gleichen Tagesrhythmus. Erst die Außenanlagen, dann Einkäufe und Erledigungen, später Arbeiten im Haus. Er arbeitet nicht schnell, trödelt aber auch nicht. Sorgfältig ist das beste Wort dafür. Manchmal ist er so für Wochen im Voraus verplant, aber es gibt auch Zeiten, in denen er am Nachmittag in seiner Kammer sitzt und liest. So wie jetzt. Er sitzt und liest.

Manchmal schweifen seine Gedanken auch ab. Dann denkt er an den Feierabend, denkt daran, dass er heute wieder zu seiner Schwester gehen wird. Auf Besuch. Bei diesem Gedanken entfährt ihm oft ein tiefer Seufzer. Er kümmert sich nun schon jahrelang um seine kranke Schwester. Die war mit ein Grund, dass er seine erfolgreiche Selbstständigkeit aufgegeben hat, sie war immer seine mahnende Stimme, sein zweites Gewissen. Wenn er sich einer Sache nicht sicher war, ging er immer zu ihr, um sich von ihr all die Fragen stellen zu lassen, die er sich nicht getraute, sich selbst zu stellen. Aber sie war krank. Schon in ihrer Jugend hatte sie eine Krebserkrankung, die sie aber mit Hilfe einer radikalen Operation und anschließender langer Chemotherapie glaubte besiegt zu haben. Aber nur vorübergehend. Der Krebs kam wieder, wurde bekämpft, erstmals nach sieben Jahren, dann dachten alle, sie hätte es überstanden. Aber knapp 20 Jahre später wurde bei einer Gesundenuntersuchung wieder eine „Abweichung" gefunden, wieder ging das Suchen und Diagnostizieren los, wieder die Überlegung einer OP, erst Strahlentherapie, dann Chemo, erst dies, dann das. Erst alles abtöten, dann wieder versuchen, zum Leben zu erwecken. Über zehn Jahre hatte sich dieses dritte Aufflackern des Krebses gezogen, bis sie gesagt hatte, AUS. Sie brach die gerade laufenden Behandlungen ab, begab sich in die Hände einer Palliativärztin und hatte noch drei „gute" Jahre, die allerdings vor knapp drei Monaten endeten. Seit dem liegt sie im Krankenhaus, nahezu bewusstlos, zu schwach, um zu leben, zu stark, um zu sterben. Hubert besucht sie jeden Tag, an den Wochenenden auch oft zweimal. Er brachte ihre Lieblingsdecke aus ihrer Wohnung mit, nahm ihre Pyjamas von zu Hause mit und bat das Pflegepersonal, ihr diese statt der Krankenhaushemden anzuziehen. Er stellte Bilder ihrer Freunde und ihrer ehemaligen Haustiere auf den Rolltisch, der neben ihrem Bett stand. Auch Essen und Trinken nahm er ihr immer wieder mit. Sie war Zeit ihres Lebens eine richtige Naschkatze gewesen. Also besuchte er, bevor er zu ihr ging, immer ihre Lieblingskonditorei und ließ sich bis zu zehn verschiedene Tortenstücke einpacken. Ein kleines Eckchen von dem einen oder anderen schnitt er ab und versuchte, sie mit den Gerüchen zum Essen zu überreden. Meist vergeblich. Die restliche Stücke schenkte er dem Personal, das über seine Großzügigkeit am Anfang erfreut, mittlerweile aber schon mehr peinlich berührt zu sein schien.

Eine Schwester, die sich besonders liebevoll um seine Schwester zu kümmern schien, nahm ihn am Gang einmal beiseite und sagte mit ruhiger Stimme: „Ich finde es bewundernswert, was Sie für Ihre Schwester alles tun, aber manchmal habe ich das Gefühl, als wollten Sie mit

Ihren vielen Kuchen etwas erzwingen. Das wird nicht funktionieren. Wenn Sie also nur mehr einmal pro Woche etwas Süßes für sie mitbringen oder einfach nur gelegentlich ein einzelnes Stückchen, würde das jeder hier verstehen und gutheißen. Dadurch, dass Sie manchmal etwas über das Ziel hinausschießen, erzeugen Sie eine Art Druck, ohne dass Sie das wollen. Ich glaube, dass das für Sie beide nicht gut ist."

Er sah sie traurig an und sagte: „Sie haben sie ja nicht gekannt, als sie noch gesund war. Sie war eben genau so. Wenn ich zu ihr kam, standen mindestens zwei oder drei verschiedene Kuchen am Tisch, die sie entweder selbst gebacken oder gekauft hatte. Wenn ich fragte, wen sie denn noch erwarte, sagte sie, niemanden, wieso? All das, was ich nicht gegessen hatte, hat sie mir für mich, meine Nachbarn oder deren Kinder eingepackt oder selbst gleich an ihre Nachbarin weitergegeben. Sie war immer maßlos. Maßlos großzügig und mit dieser Art will ich ihr zeigen, was mir das bedeutet hat. Ich habe sie wohl oft kritisiert, aber innerlich immer bewundert. Ich selbst habe es nie geschafft, so grenzenlos zu sein wie sie. Ich war immer peinlich berührt, wenn ich sie sah, wie sie auf der Straße, im Theater unter Leuten, die sie überhaupt nicht kannte, einfach zerfloss. In alle Richtungen. Sie schien immer Leute um sich zu scharen. Denen spendete sie Trost, Ratschläge, Taschentücher, Hustenzuckerl oder einfach nur Umarmungen. Wildfremde Menschen wurden von ihr umarmt! Und nie habe ich erlebt, dass jemand wütend oder aggressiv wurde. Sie hatte einfach eine unnachahmliche Art, mit Menschen umzugehen."

Die Schwester lächelte. „Ja, ich habe sie auch so erlebt. Allerdings macht sie auf mich auch den Eindruck, als würde sie es sehr gut mit sich selbst aushalten. Viele unserer Patienten leiden offensichtlich, wenn sie viel Zeit alleine verbringen müssen. Ihre Schwester hingegen erscheint mir immer gelassen, um nicht sogar zu sagen, leise vergnügt! Selbstzufrieden wäre wohl ein treffendes Wort. Auch jetzt noch, seit sie kaum mehr bewegungsfähig ist, strahlt sie etwas aus, was nur sehr selten hier bei uns anzutreffen ist."

Hubert geht nach Hause. Er geht in seine geräumige, aber sehr spärlich eingerichtete Wohnung. Nachdem seine Frau mit den Kindern ausgezogen war, hatte er sich geweigert, die fehlenden Möbel oder Dekogegenstände nachzukaufen. Im Esszimmer steht nur noch der Tisch mit sechs Sesseln; die Kommode, der Wandschrank und die Bilder an der Wand fehlen. Im Wohnzimmer steht noch der einsame Fernseh-Lese-Ohrensessel und daneben ein alter Sitzsack, den er zum Tischchen umfunktioniert hat. Der Platz der Sitzecke mit dem Couchtisch ist leer. Ein Teppich liegt noch vor dem Fenster, die Regale an der Wand sind auch halb geleert. Wenn er Bücher kauft hat, bringt sie in Kisten im Gang unter, wenn er Ablageflächen braucht, stellt er vorübergehend einen alten Campingtisch in das Zimmer. Die Küche ist vollständig eingerichtet, das war sie nämlich auch in dem neuen Haus gewesen, in das seine Frau vor ihm geflüchtet war. Daher hatte sie aus diesem Raum nichts mitgenommen. Das Schlafzimmer ist das Einzige, in das er etwas Umbauarbeiten investiert hat. Ein schmales, schlichtes Einzelbett, das mit dem Kopfende an der Wand steht, ein schmaler Kasten mit Schiebetüren aus dem gleichen Holz. Anstatt des Nachttisches ein Stuhl mit Korbsitzfläche links vom Bett, auf der ein Buch mit handgemaltem Lesezeichen steckt. Am Boden ein einfacher Reisewecker, der wohl vor vielen, vielen Jahren einmal weiß gewesen war. An der gegenüberliegenden Wand eine Bodenvase mit Gräsern, ein stummer Diener und der zweite passende Sessel. An den Fenstern hängen schwere weiße Vorhänge, gerafft, die einen sonderbaren Gegensatz zu dem restlichen Zimmer bilden, das in seiner Schlichtheit beinahe mönchisch wirkt.

Wenn Hubert alleine zu Hause sitzt, denkt er oft an die Frauen, mit denen er in den letzten Monaten ausgegangen ist. Bis auf einmal hatte er noch nie einen Korb bekommen. Die Frauen sind immer sehr zugänglich, gerade die, die zwangsverpflichtet wurden, diese Kurse zu besuchen. Wenn sie das erste Mal für längere Zeit in der Stadt waren, schienen sie wie Vogelkinder, die aus dem Nest gefallen waren. Hob man sie auf und fragte sie, wie es ihnen geht, waren sie dankbar, bis an ihr Lebensende. Oder zumindest bis Kursende. Eva fällt ein wenig aus dieser Kategorie heraus. Sie wirkte auf den ersten Blick zwar auch verunsichert, wenn er mit ihr zusammen ist, spürt er aber eine tiefe und ruhige Sicherheit, die sie ausstrahlt. Was könnte er denn heute Abend mit ihr unternehmen? Vielleicht mal ein Tänzchen wagen? Ins Kino gehen und fummeln? Oh Gott, er ist ja schlimmer als ein Hauptschüler. Die Zeit mit ihr ist angenehm. Er hat wirklich einen guten Riecher, wenn es darum geht, aus einer Gruppe von Frauen diejenige herauszupicken, die ihm am meisten Vergnügen bereiten würde. Er meint das ja auch nicht böse. Er hat abwechselnde (wöchentlich, wenn es gut ging) Begleitungen, sie haben Unterhaltung in der Zeit des Kurses und sind abgelenkt. Diese Zertifikatskurse, wie sie verächtlich genannt werden, haben ja wirklich etwas Menschenverachtendes. Wozu Wissen vermitteln, das längst da ist? Wozu

Zeugnisse ausstellen für offensichtliches Können? Wozu arbeitsmarktpolitische Maßnahmen setzen, wenn für das gleiche Geld wieder Stellen geschaffen werden könnten?

Dass er damit Zwietracht unter den Teilnehmerinnen sät, ist ihm egal. Meistens sucht er sich eine aus, die sowieso am Rande der Gemeinschaft oder sogar außerhalb steht. Das sind diejenigen, die am zugänglichsten sind. Die anderen nehmen ihn oft gar nicht wahr. Die Kursleiter verdrehen oft die Augen, wenn er am ersten Tag in den Kursraum kommt, seinen Blick schweifen lässt und sein „Opfer" ausmacht. So ähnlich wie ein Löwe in der Steppe das schwächste Gnu in der Herde erkennt. Er grinst, dieser Vergleich gefällt ihm. Na klar, welcher Mann würde sich nicht gerne mit dem König der Tiere vergleichen. Seine Mähne ist zwar in den Jahren etwas schütter geworden, aber innerlich kann er noch brüllen wie ein echter!

Sie ist erschöpft und liegt am Bett (völlig ungewohnt), aber Peter scheint das nicht zu stören. Erst ist es ihm ein wenig mulmig zumute, auch weil Clara so seltsam reagiert. Er lässt sie in den Garten und sitzt erst mal einfach nur so da. Er will rufen, aber irgendetwas hindert ihn. Er spürt, dass jetzt nicht die Zeit ist, seine Mutter zu stören. Zu stören – seltsamer Gedanke. Nie zuvor ist ihm in den Sinn gekommen, dass er stören könnte. Aber genau dieses Gefühl macht sich gerade in ihm breit. Woher kommt das? Irgendetwas an ihrer Stimme und ihrem Verhalten machte ihm das ganz deutlich. Das ist ja nun wirklich mal neu. Er stört? Aber wozu ist denn seine Mutter sonst da? Sie ist immer da, wenn er sie braucht, und wenn mal nicht, dann sorgt sie dafür, dass jemand anderer da ist. Jetzt liegt sie da oben und benimmt sich so seltsam. Es ist ruhig im Haus, er blickt durchs Fenster und sieht Clara durch den Garten mäandern. Langsam wird ihm langweilig und gleichzeitig wird er auch immer unsicherer. Diese Situation kennt er einfach noch nicht. Dann steht er auf, geht in die Küche, sieht sich um. Geht in die Vorratskammer und schaut, ob er dort etwas für sich zum Naschen finden kann. Ah ja, da oben stehen noch die Schokoladentäfelchen, die ihm Tante Elfi letzthin mitgebracht hat. Er überlegt kurz, beginnt dann vorsichtig auf die unteren Regale zu klettern, streckt sich und erwischt die ganze Packung. Ein paar der Täfelchen fallen zu Boden, aber das macht nichts. Er lauscht, normalerweise hätte seine Mutter so etwas sofort gehört und wäre nachschauen gekommen, was er denn da mache. Aber heute: nichts! Es ist weiterhin völlig ruhig im Haus. Er hört leises Winseln. Ah, Clara will wieder herein. Er nimmt seine Schokolade in die Hand, noch ein Paket Kekse, geht zur Tür und öffnet sie für den Hund. Clara begrüßt ihn erfreut, als ob er weg gewesen wäre! Sie schnüffelt an den Packungen in seinen Händen. „Nein, Clara, das ist mein Essen, geh weg." Diese Aufforderung kommt sicher nicht bei ihr an, denn sie bohrt nach wie vor die Nase in die Keksschachtel. „Nein, Clara, aus", er dreht sich weg und stapft mit seinen Errungenschaften ins Wohnzimmer. Dort setzt er sich verbotenerweise auf die Couch und packt seine Süßigkeiten um sich aus. Normalerweise darf er hier nicht essen. Gegessen wird am Tisch, heißt es immer. Aber wenn keiner da war, dann kann er ja ungestört naschen. Nach kurzer Zeit ist der Platz um ihn mit Keks- und Schokoladekrümeln übersät. Clara ist ihm gefolgt und schleckt hingebungsvoll den Boden ab. Nach und nach rückt sie auch näher und schleckt von der Sitzfläche der Couch ab, was sie erwischen kann. Peter lässt sie gewähren und mampft fröhlich vor sich hin. Danach klettert er wieder runter von seinem Kekspalast und stromert durchs Haus. Irgendwie genießt er das Gefühl, so völlig unbeobachtet zu sein, nichts tun zu müssen, keine Befehle zu bekommen. Er traut sich nur nicht in den ersten Stock, um nur ja seine Mutter nicht aufzuwecken.

Sie liegt am Bett, die Augen halb geschlossen, den Blick an die Decke gerichtet. Ein Fuß steckt noch in dem warmen Filzpantoffel, die Arme ausgebreitet. Sie mag sich nicht mehr rühren, sie mag sich noch nicht mal einrollen, auf die Seite drehen und zudecken. Dabei wird ihr von Minute zu Minute kälter. Sie spürt förmlich, wie ihr Kreislauf zur Ruhe kommt und die Wärme in ihrem Körper immer weniger wird. Am liebsten läge sie jetzt in der warmen Badewanne, schwerelos, von warmem Wasser umgeben, ein angenehmer Duft in der Nase. Soll sie vielleicht aufstehen? Neeeiiiin, viel zu anstrengend.

Sie glaubt, irgendwo im Haus Geräusche zu hören. Ist da noch jemand? Sie kann es sich nicht vorstellen. Wer soll denn da sein, ihr fällt niemand ein. Sie hat überhaupt kein Zeitgefühl mehr. Sie liegt und spürt sich einfach nicht mehr so richtig. Ihre Gedanken, die erst stillgestanden sind, kommen langsam in Fahrt. Es scheint gerade so, dass sie umgekehrt proportional zu ihrem Körper reagieren. Der fällt in einen Starrezustand, die Gedanken wachen auf. Was ihr da so alles durch den Kopf geht! Plötzlich erinnert sie sich daran, was sie als Jugendliche getan, gefühlt, durchlebt hatte! Eine fürchterliche Zeit! Nie mehr wieder will sie diese Unsicherheit, diese Verzweiflung, dieses Unwissen spüren. Was war sie damals unglücklich gewesen. Und doch, irgendwie lag damals noch alles vor ihr, das ganze Leben. Sie war diejenige, die es gestalten konnte. Das hat sie auch getan. Mit einer Vehemenz, die sie in diesem Moment selbst gerade ein wenig einschüchtert. Wozu hat sie so einen Kraftaufwand betrieben? Nur, um ihr Lebensbild haargenau so zu malen, wie es in ihrer Vorstellung war? Nur ja keine Abweichung erlauben?

Sie schließt die Augen, was würde sie sich denn anders wünschen im Leben? Mehr Freiraum, mehr Spontaneität? Nein, sie ist kein spontaner Mensch. Ist auch nicht flexibel. Sie fühlt sich einfach am wohlsten, wenn sie alles planen kann. Im Vorhinein weiß, was auf sie zukommt, wenn sie scheinbar alles im Griff hat. Ihr Mann ist da ganz anders. Er kann abwarten, sich den Gegebenheiten hingeben, erst dann reagieren, wenn es absolut nötig ist. Sie agiert, richtet ein, schafft Gelegenheiten. Nichts dem Zufall überlassen, nichts aufschieben. Nicht, dass jemand anderer in das Geschehen eingreift, bevor sie es tut. Sie muss so handeln, wenn es um ihre Arbeit geht, und das hat sich auch völlig auf ihr Privatleben übertragen. Aber so richtig wohl fühlt sie sich nicht mehr damit. Sie öffnet die Augen wieder. Blickt an die Decke. Sie kann doch nicht einfach nur so rumliegen. Wo ist Peter überhaupt? Ach, egal. Sie schließt die Augen. Manchmal träumt sie davon, eines Morgens, wenn alle außer Haus sind, wieder zurückzukommen, sich auszuziehen und in die Badewanne zu legen. Das leere Haus zu genießen, danach mit dem Bademantel und nassen Haaren vor dem geöffneten Kühlschrank zu sitzen und nach Herzenslust zu frühstücken. Nicht ihr gewohntes, vernünftiges Frühstück mit Müsli, Milchkaffee und gelegentlich einem Vollkornbrot, nein, Erdbeeren, Schokolade, Prosecco und Weißbrot. Dazu Käse, am besten fettig, und Wurst. Einfach mal genießen, nicht nachdenken. Völlern, nicht vergleichen. Aber das kann sie doch nie machen, immer sieht sie jemand, immer muss sie Vorbild sein, für ihren Mann und ihren Sohn. Sonst sagt ihnen ja niemand, was sie tun sollen. Aber jetzt? Jetzt liegt sie da herum und tut gar nichts. Nur noch eine Minute – denkt sie bei sich. Vielleicht könnte sie einfach für ein paar Tage wegfahren. In eine Therme, mit Hotel, wo sie nur den ganzen Tag herumliegen könnte. Oder sie schickt die anderen weg und bleibt einfach da liegen, wo sie jetzt ist! Das ist die beste Idee. Nur wohin? Arbeit, Schule, Hund – wie soll das gehen? Sie mag gar nicht darüber nachdenken. Sie will gerade jetzt NICHT planen. Sie wünscht sich ein großes Glas Rotwein, das sie in einem Zug austrinken kann. Sie hätte gerne ein wenig Weichzeichner für die Realität. Mit einem tiefen Seufzer dreht sie sich auf die linke Seite und zieht gleichzeitig mit der rechten die Decke über sich. Was würde ihr Mann denken, wenn er sie so vorfand?

Wahrscheinlich, dass sie krank sei. Er ist es gewohnt, dass sie immer aktiv, immer bestimmend, immer durchgeplant ist. Sie will das nicht mehr. Vielleicht sollte sie Schäferin werden? Schwachsinn, woher kommt denn dieser Gedanke? Oder besser Aussteigerin auf einer griechischen Insel? Im Sommer den Touristen Glasperlenhalsketten verkaufen und im Winter von den Ersparnissen leben? Ganz alleine in einem kleinen Zimmer mit Blick auf das Meer. Kaum Habseligkeiten oder belastender Besitz. Nicht wie in diesem Haus, das mit all seinen Möbeln, Bildern, Truhen, Regalen und all dem Schmutz, Schmand, , Gerümpel so vollgestellt ist, dass es eine Qual ist, es zu putzen. Nirgends ein leerer Fleck, nirgends leerer Raum. Alles ist bis ins kleinste Detail verplant und zugepflastert. Nirgends kommt man beim Putzen hin, wenn man mit Besen, Staubsauger oder Wischmop arbeitet, ohne erst hundert Sachen beiseite räumen zu müssen. Es ist schlimmer als in ihrem Kopf! Oder zumindest gleich schlimm. Was würde sie mitnehmen, wenn sie wirklich aussteigen könnte? Ein Buch? Wenn ja, welches? Ihren Laptop? Nein, sicher nicht, wozu auch. Den nutzt sie nur beruflich – na ja, eigentlich doch nicht. Wenn sie ehrlich ist, sitzt sie schon jeden Tag auch zu Hause eine ganze Zeit davor. E-Mails checken, Facebook-Einträge lesen, ihre Stammseiten im Internet besuchen. Verdammt, wieso hat sie keinen Wein mit hoch genommen? Sie will sich betrinken – ihr ganzes Leben kommt ihr gerade so absolut sinnlos vor, dass sie es kaum mehr aushält. Wozu all diese Rennereien? Wozu all diese Anstrengungen? Aber würde sie es anders aushalten? Ohne Plan? Ohne fixe Beschäftigung? Ohne zu wissen, wann der nächste Gehaltsscheck eingelöst werden kann? Ohne Sicherheit des Hauses, ohne zu wissen, da gibt es noch ein zweites, wenn auch geringeres Einkommen als das Ihre? Ohne Krankenversicherung? Nein, wenn sie ehrlich zu sich selbst ist, bringen sie alleine schon diese Gedanken in Stress und Unruhe. Aber so, wie es bis jetzt war, will sie auch nicht mehr weitermachen. Also, was tun? Was liegt zwischen ihrem jetzigen Leben und einem Aussteigerdasein in Griechenland? Was würden außerdem ihr Mann, Peter, die Arbeitskollegen, die Nachbarn, ihre Eltern und Schwiegereltern sagen, wenn sie auf einmal die Zügel schleifen lassen würde? Und wer würde sich dann um all das kümmern, worum sie sich jetzt sorgt? Sie will jetzt nicht mehr darüber nachdenken, weil diese Gedanken sich anfühlen, als würden sie einen dicken Knoten in ihrem Gehirn bilden.

Eva ist die Ängstliche. War sie schon immer. Die Ängstliche in der Familie, im Freundeskreis, diejenige, die immer Einwände fand, bei jeder Unternehmung konnte man sicher sein, dass von ihr ein „Ja, aber" kam. Sie sieht die Folgen immer schon im Voraus. Nicht die realistischen, nein, eher die schlimmsten, die eintreffen könnten. Sie kann einfach nicht nur wo mitmachen, ständig macht sie sich Gedanken und Sorgen. Damit geht sie allen ihren Freundinnen auf die Nerven, auch wenn ihr eine, als sie sie viele Jahre nach der Schulzeit wieder getroffen hatte, gestand, dass sie mit ihrer mahnenden Stimme auch ganz viel Unheil verhindert hatte. Und wenn nicht, haben sich oft alle anderen gefragt, woher Eva das wohl gewusst haben konnte, dass dieses oder jenes passieren hatte können. Sie wollen selbst einfach nicht so weit vorausdenken und deshalb tun sie es nicht. Sie wollen Spaß, nicht überlegen. Wieso tut sie denn jetzt das, was sie tut? Wieso trifft sie sich Abend für Abend mit einem Mann, den sie nicht kennt, von dem sie kaum etwas weiß. Sie weiß doch genau, dass ihr dieses Verhalten keine Pluspunkte in der Gruppe einbringt. Na und, denkt sie trotzig, dann halt nicht. Ich bin ja wohl nicht auf diese Weiber angewiesen. Aber wohlfühlen tust du dich ja auch nicht – flüstert eine zweite Stimme in ihr Ohr. Sei doch ehrlich, lieber wärst du wieder die Stille, Unscheinbare, die keiner bemerkt. Nichts sagen, nicht auffallen, dann passiert dir auch am wenigsten. Nein, antwortet die Trotzstimme, das war ich mein ganzes Leben und immer wieder hatte ich das Gefühl, etwas zu verpassen. Etwas zu versäumen, nicht das zu leben, was eigentlich für mich bestimmt ist. Dieses dauernde Sich-Zurücknehmen hat jetzt ein Ende. Und, höhnt die zweite Stimme wieder, bist du jetzt etwa glücklicher als sonst? Keine in der Gruppe spricht mehr mit dir, keine lädt dich zu sich nach Hause ein, auch nicht die, die grad mal zehn Kilometer von dir zu Hause wohnen. Du hast keine Gesprächspartnerin in der Mittagspause und wenn dein toller Begleiter ab heute beschließt, seine Abende wieder woanders zu verbringen, sitzt du die restliche Woche alleine in einem Zimmer mit zwei Betten, einem Kasten und einem Tisch. Muss ich doch nicht, wer sagt denn, dass ich nicht auch alleine etwas unternehmen kann? Ich kann ins Kino gehen, essen, alles, was ich will – dazu brauch ich keinen Hubert und schon gar keine Frauengruppe!

Aber insgeheim weiß sie, dass sie es nicht schaffen würde, sich aufzuraffen und wirklich alleine loszuziehen. Aber das ist ja auch gar nicht notwendig. Sie würde wieder einen schönen Abend mit Hubert verbringen, und sie ist schon gespannt, was sie heute unternehmen. Es sind ja nur mehr drei Abende, dann ist der Kurs vorbei und sie würde wieder heimfahren. Würde sie wirklich? Ein paarmal hat sie sich schon ertappt, dass sie in Gedanken ihre kleine Wohnung zu Hause auflöst, ihre Habseligkeiten in ein paar Umzugskartons steckt und alles auf einen LKW lädt. Dann fährt sie ihrer neuen Zukunft entgegen. Hier in der Stadt, mit Hubert, in seinem Haus. Sie würde sich hier eine Stelle als Haushälterin suchen, vielleicht in einem vornehmen Haus, gut verdienen, keine schweren Arbeiten mehr verrichten müssen und könnte jeden Abend zu ihm nach Hause kommen.

Du träumst vor dich hin wie ein Teenager, schilt sie sich. Schau, dass du dich auf den Kurs konzentrierst, sonst kannst du dir dein tolles Zertifikat in die Haare schmieren. Die Mittagspause ist gleich um, sie hört vom Gang her die Stimmen der anderen. Lachend treten sie wieder in den Kursraum. Bei ihrem Anblick wird es kurz still, dann sprechen sie etwas gedämpfter weiter und lassen sie einfach links liegen.

Nach der Nachmittagseinheit trödelt Eva ganz bewusst herum. Sie will die Letzte sein, die das Gebäude verlässt, damit Hubert sie besser abfangen kann. Obwohl es doch eh ganz egal ist. Die anderen wissen, was sie tut, sie weiß, dass die anderen es wissen, Hubert weiß wohl am meisten. Er ist ja der Meister im Beobachten. Kaum geht die Tür auf und die Ersten verlassen den Raum, sieht sie ihn schon draußen am Gang stehen. Er hat eine große Papiertüte in der Hand, in der sich scheinbar etwas sehr Sperriges befindet. Er lächelt, als er sie sieht, nickt aber trotzdem der Kursleiterin und den anderen Frauen zu, als sie bei ihm vorbeigleiten und ihn dabei mit eisigen Blicken bedenken. Ihm scheint das alles egal zu sein, es scheint an ihm abzuprallen wie an einer Schutzschicht.

„Hallo, meine Schöne", sagt er und umarmt sie. Ihr Herz klopft.

„Hallo, Hubert, schön dich zu sehen."

„Wir müssen doch die Zeit nutzen, die wir haben", antwortet er ganz gelassen. „Ich würde dir heute gerne meine Werkstatt zeigen, da bastle ich nämlich gerade an etwas, auf das ich sehr stolz bin."

Neugierig nickt sie und geht eingehängt mit ihm in Richtung Werkstatt. „Darfst du die Werkstatt denn auch privat nutzen?", fragt sie vorsichtig.

„Da schaut doch eh nie einer rein. Weißt du, wichtig ist, dass ich alle Arbeiten hier pünktlich und prompt erledige. Das mache ich. Ich kümmere mich, schaue voraus und halte immer alles instand. Besorgungen erledige ich immer gleich, und wer so arbeitet, kommt nie in Verzug. Daher bleibt mir oft am Nachmittag oder mal an einem Wochenende, wenn ich im Dienst bin, genügend Zeit über, die ich für private Basteleien nutze. Ich könnte auch rumsitzen und Kaffee trinken, aber das bekommt meinem Blutdruck nicht so gut." Er lächelt sie an. „Keine Sorge also, du siehst hier nichts Verbotenes!"

Er schließt die Tür auf und lässt sie eintreten. Vor ihr auf dem Tisch steht eine handgedrechselte Obstschale mit fein verziertem Rand. Sie ist begeistert. „So etwas Schönes! Was machst du damit?"

„Ach vielleicht lass ich es hier im Institut als Anschauungsbeispiel, was man mit seiner Zeit anfangen könnte, wenn man wollte!"

Im Haus der Familie ist es ruhig. Peter traut sich nicht mehr in das Zimmer seiner Mutter, nachdem er kein Geräusch mehr von dort wahrgenommen hat. Clara schläft, das tut sie immer, wenn sie das Gefühl hat, dass ihr Eingreifen nicht gefragt ist.

Herbert ist unterwegs. Er ist oft nicht da, nicht anwesend, auch wenn er da ist. Manchmal repariert er etwas im Haus, dann ist er da. Dann spürt sie ihn, aber sonst – er kommt nach Hause, von der Arbeit. Er ist auch über Mittag im Haus – zum Glück liegt sein Büro so nah, dass er mittags mit Clara eine kleine Runde rausgehen kann. Dadurch kann sie bis 14 Uhr durchgehend im Büro bleiben und kommt so auf 25 Wochenstunden. Dadurch wird vieles einfacher. Anschaffungen, die nötig sind. Sportgeräte für Peter, er wächst ja aus allem so schnell raus. Urlaube und Wochenendausflüge, aber auch gelegentlich ein schönes Stück aus einer Boutique für sie selbst.

Er ist ein Sammler – kleine Autos – Modellautos. Die liebt er und sammelt sie. Dazu gibt es Fachzeitschriften, man würde es kaum glauben. Die liest er, wie eine Bibel, er weiß fast alles, was es zu wissen gibt. Gelegentlich spielt er mit dem Gedanken, auf eine Modell-Messe zu fahren und dort so richtig viel Geld zu verprassen. Zu kaufen, was ihm gefällt, zu handeln, zu feilschen, zuzuschlagen, wenn der Verkäufer schon glaubt, er hätte das Interesse verloren! Aber solche Unternehmungen sind nicht familientauglich. So träumt er davon, wenn er in seinem Büro in der sogenannten Spielecke sitzt und die Regale und Schubfächer mit den Modellen ordnet. Er ist versunken in sein Tun und hört in diesem Moment auch nicht, wenn seine Frau oder sein Sohn ihn rufen. Erst wenn sie unmittelbar hinter ihm stehen und ihn ansprechen, zuckt er kurz zusammen und schaut sie mit einer Mischung aus Unwilligkeit und Pflichtschuldigkeit an, die den beiden schon verrät, dass er momentan nicht gut auf sie zu sprechen ist.

Er genießt diese ruhigen Minuten oder Stunden, die er nur mit seinen Autos verbringen kann. Viel Zeit bleibt ihm nicht. Die Familie führt ja ein reges gesellschaftliches Leben. Mindestens dreimal pro Woche haben sie Besuch. Am Wochenende oder an sonstigen freien Tagen werden Ausflüge geplant und gemacht, er plant weniger, macht aber alles mit. Was sonst bleibt ihm übrig? Seine Frau organisiert alles, er muss nur gelegentlich genügend Interesse vortäuschen und auch hin und wieder Gegenvorschläge bringen. Nicht dass sie angenommen würden, aber so bekommt sie das Gefühl, dass er aktiv an der Freizeitplanung beteiligt ist. Und für ihn ist es immer wieder faszinierend zu beobachten, mit welcher Energie seine Frau diese Planung betreibt. Manchmal vermutet er, sie hat einen Akku, den sie irgendwo in der Tiefe ihres Kleiderschranks aufbewahrt und bei Bedarf mit dem alten, leeren austauscht. Nie wirkt sie müde oder erschöpft, außer sie ist, was vielleicht alle zwei bis drei Jahre einmal vorkam, krank. Dann erkennt er das Menschliche in ihr, sieht, wie sie sich quält und auch wenn er das nie zugeben würde, erfüllt ihn diese Beobachtung mit Freude und Dankbarkeit, dass auch sie sich gelegentlich mit so menschlichen Problemen herumwälzen muss. Sie scheint dann auch oft viel weicher und zugänglicher zu sein, nicht mehr die toughe Geschäftsfrau, sondern einfach seine Frau. Dann kann er mal der Stärkere sein, der eigenständig das Haus regiert. Aber wenn er ehrlich ist, ist er auch nie böse, wenn sie, wieder genesen, das Zepter wieder an sich nimmt. Sie muss es ihm nicht entreißen, denn er gibt es freiwillig her. Dann sitzt er wieder still in seinem Fernsehsessel oder bei Tisch und beobachtet sie – auch 13 Jahre nach ihrem Kennenlernen noch immer mit einer stillen Freude. Wenn ihr ihre Aktivität zu viel wird, geht er zu den Modellautos und versenkt sich so in seine eigene kleine Welt. Dort sieht er junge, kleine Menschen mit den Autos hin und herfahren, sieht sie von zu Hause zur Arbeit gehen, ihre Tage mit sinnvollen und nützlichen Dingen verbringen und ihre kleinen Leben leben.

Gelegentlich denkt er sich auch Geschichten aus, die in den kleinen Autos passieren könnten. Wie sich Menschen kennenlernen und beschließen, zusammenzuleben, wie sie Kinder bekommen und diese erziehen. Dann ist er oft so versunken, dass er nicht mehr wahrnimmt, was um ihn herum passiert.

Ingrid liegt noch immer am Bett. Sie überlegt, wie lange sie hier liegen bleiben kann, ohne dass jemand ihr Verschwinden bemerkt. Vermutlich nicht sehr lange. Spätestens, wenn ihr Mann nach Hause kommt, würde er sie suchen. Peter schon früher, wenn er Hunger bekommt, Clara ebenso – oder wenn sie in den Garten will. Würden ihre Nachbarn bemerken, dass sie das Haus nicht mehr verlässt und betritt? Was würden sich die Kollegen und ihr Chef denken? Und die vielen Bekannten, die sie haben. Was ist mit denen? Sie glaubt plötzlich zu wissen, dass genau die, die sie ständig einladen und von denen sie eingeladen werden, lange nicht bemerken würden, dass sie nicht mehr hier ist. Das sind Leute, die, so wie sie, von einer Einladung zur nächsten gehen, Listen führen, wen sie als Nächstes wieder einladen müssen, um nicht irgendjemand aus ihrem Bekanntenkreis zu übersehen. Ob sie wohl auch auf so einer Liste stehen? Vermutlich. Zwar haben sich ihre sozialen Kontakte geändert, seit Peter auf der Welt ist, aber die Typen der Menschen, mit denen sie sich umgeben, sind die Gleichen geblieben.

Ihre Ohren surren. Sie bemerke das schon seit Längerem. Wie ist gleich noch mal der korrekte Begriff dafür? Hörsturz? Nein, Tinnitus. Scheinbar ein unlösbares Leiden für die Schulmedizin, ein leicht zu beseitigendes bzw. einzudämmendes Leiden für Hörhilfehersteller, für manche die Strafe Gottes und für andere wieder reine Hypochondrie. Sie hört genau hin. Das Surren ist in beiden Ohren, jedoch in einer unterschiedlichen Frequenz. Während das linke Ohr sehr gleichmäßig in einer mittleren Tonlage dahinsurrt, scheint es im rechten abwechslungsreicher zu sein. Mal surrt es, mal quietscht es, dann wieder wird es leiser, dann lauter. Das ist mehr ein Pfeifen als Surren. Gemeinsam ergibt das eine Geräuschkulisse, die jetzt, da sie sich darauf konzentriert, immens laut erscheint. Sie will sich gar nicht vorstellen, wie laut jemand sprechen müsste, damit sie ihn noch verstehen könnte. Woher kommen diese Töne? Aus ihrem Gehirn, ja klar, aber wieso?

Sitzen da vielleicht irgendwelche Tiere in ihren Ohrmuscheln, die aus welchen Gründen auch immer diese Geräusche produzieren? Sind es Menschen? Kleine Menschen? So wie die, von denen ihr ihr Mann einmal in einer seiner schwachen Stunden erzählt hat? Die er sich immer vorstellt, wie sie in seinen Spielzeugautos sitzen? Nein, ihre Menschen mussten noch kleiner sein. Und wenn sie so klein waren, müssen es ganz schön viele sein, damit sie so eine Lautstärke erzeugen können. Was tun die in ihren Ohren? Und wie sind sie da hineingekommen? Vielleicht ist das passiert, als sie letzte

Woche beim Friseur gesessen war. Da hatte die Friseurin auffallend lange an ihren Haaren direkt bei den Ohren herumgeschnippelt. Was, wenn es sich um eine Verschwörung der kleinen Menschen gemeinsam mit dem Friseurgewerbe handelt? Die Kleinen setzen sich einfach auf die Scheren und Kämme und können so unbemerkt in die Ohren oder zwischen die Haare der Menschen klettern und sie von diesen Plätzen aus verrückt machen. Verrückt mit ihren Tönen, mit ihrer Anwesenheit, die die Betroffenen zwar spüren, wogegen sie aber nichts unternehmen können. Nichts beweisen können, weil hören können sie immer nur diejenigen, die gerade den Wirt für die kleinen Menschen spielen.

Ich bin verseucht vom Haruki Murakami Buch, das ich gerade gelesen habe, denkt sie sich. Dort heißen sie „little people" und ich denke an kleine Menschen. Hat mein Mann dieses Buch auch gelesen oder ist er von allein auf die Idee gekommen?

Sie will aufstehen, den Kopf schütteln, sich ausschütteln wie ein junger Hund. Weg mit diesen Gedanken, weg mit dieser Stimmung, lasst mich doch in Ruhe, denkt sie, weiß aber nicht, in welche Richtung sie diese Aufforderung schicken soll. Wie kann sie wieder zurück zu ihrem normalen Betriebsmodus kommen? Wie kann sie wieder funktionieren? Es ist so beruhigend gewesen, ihr Leben. So beruhigend normal. So wie es ihre Mutter ihr nie zugetraut hätte, so wie sie sich in ihrer Jugendzeit benommen hatte! Das Beruhigendste ist, dass sie sich auf sich verlassen kann, sie funktioniert immer. Hat null Verständnis für Menschen, die „einfach nicht mehr konnten", die sich gehen ließen, die sich nicht im Griff hatten. Da gibt es viele um sie. Je älter sie wird, desto mehr häufen sich die Ausfälle in ihrer Umgebung.

Aber sie hält durch. Sie ... sie ist doch auch so müde. Aber sie will sich diese Müdigkeit nicht eingestehen. Sie macht ihr nämlich Angst! Angst zu versagen, Angst so müde zu bleiben. So wie sie hier liegt. Eingerollt in Embryohaltung, die Decke über sich gezogen, wie eine Puppe, fest eingehüllt in ihrem Kokon.

Sie hat das Gefühl, dass sie, wenn sie nur lange genug hier liegen und ruhen durfte, bald wieder in der Lage sein würde, aus dieser Hülle auszubrechen und mit neuer Kraft ihr Leben anzugehen. Aber sie hat diese Zeit nicht. Sie kann doch nicht einfach ausfallen. Sie doch nicht!!! Die Welt würde stehen bleiben, die Erde sich nicht mehr drehen. Beinahe bringen sie diese Gedanken zum Lächeln. Na ja, immerhin würde niemand dafür sorgen, dass es in der Familie weiterlief wie bisher. Und was wäre dann? Unvorstellbar. Sie kneift die Augen zusammen, weil sie sich diese Bilder gar nicht in den Kopf gleiten lassen will. Vielleicht auch aus Angst, weil sie dann sehen würde, dass nichts passiert. Gar nichts. Vielleicht bräuchte es ein wenig Anpassung aller Beteiligten, damit sich neue Varianten des Zusammenlebens finden, oder es würde einfach mal hier oder da ein wenig reiben, krachen im Gebälk, sich ein wenig spießen. Manches würde länger brauchen, aber sonst? Niemand würde verhungern, verdursten oder ohne Kleidung aus dem Haus gehen müssen. Die Zimmer wären vielleicht nicht immer pünktlich peinlichst genau geputzt und zur jeweiligen Jahreszeit passend geschmückt. Die To-do-Listen würden vergilben und ihr Mann würde wohl instinktiv trotzdem immer das Richtige tun! Ohne sie? Ja, es würde alles weiterlaufen. Warum zum Henker macht sie sich dann so viel Arbeit damit, das Rad am Laufen zu halten? Was tut sie denn da jeden Tag? Diese Erkenntnis trifft sie hart und macht sie gleich um noch ein paar Stufen müder und trauriger. Ist denn alles sinnlos, was sie tut? Wozu all diese Energieverschwendung? Aber es sagen doch immer alle zu ihr, dass sie so toll organisieren kann, dass sie immer alles so gut im Griff hat, dass sie ... Ach, völlig egal. Die wollen ihr doch nur Honig ums Maul schmieren, damit sie etwas für sie erledigt.

Langsam regt sich ein neues Gefühl in ihr. Wut, Zorn, Ärger. Die ersten beiden scheinen wieder so etwas wie Energie in sie hineinzubringen. Sie fühlen sich heiß an. Heiß und lodernd. Der Ärger allerdings ist wie ein Kübel Sand, der über die ersten beiden gekippt wird. Er erstickt sie im Keim und tötet die Energie, die sie gebraucht hätte, gleich wieder ab.

Wieder schüttelt sie innerlich den Kopf. Woher kommen all diese Gedanken? Was soll sie damit? Sie will sie nicht in ihrem Gehirn haben. Sind da doch irgendwelche kleinen Menschen am Werk, die sie mit diesen Ideen füttern? Sie will doch nur ein paar Minuten hier liegen, ihre Ruhe genießen, sich ausruhen, eine Pause. Im Haus ist es ganz still. Nicht mal von draußen hört sie Geräusche. Die Luft unter der warmen Bettdecke wird immer miefiger. Sie könnte sie ja ein wenig lüften. Aber besser nicht. So ist sie in ihrer Höhle geschützt, eingehüllt, verborgen. Wem würde auffallen, dass sie nicht mehr da ist? Hat sie diesen Gedanken nicht schon einmal gehabt? Dreht sich jetzt alles im Kreis, wie im Karussell? Sofort sieht sie ein beleuchtetes, kitschiges Kinderkarussell vor sich. Mit Holzpferden und Kutschen, mit lauter Jahrmarktsmusik und Kindergeschrei ... abends, an einem warmen Sommerabend. Wieder kneift sie die Augen zusammen. Weg damit, weg damit, weg damit. Sie will ruhen und nicht denken, ruhen, nicht denken, ruhen, nicht denken. Wieso schläft sie denn nicht längst? Sie ist doch so erschöpft, dass sie nicht mal mehr die Kleidung gewechselt hat. Sonst tut sie das immer. Heimkommen von der Arbeit – umziehen. Je nach Anlass für zu Hause oder etwas sportlicher für den Spaziergang mit Clara oder einem in den Ort mit Peter, um Besorgungen zu machen. Jetzt liegt sie da in ihrem Bürokostüm, das sicher schon völlig zerknittert ist. Und schläft noch immer nicht. Trotzdem fühlt sich ihr Körper bleischwer an. Wenn sie nicht zu müde wäre, könnte sie jetzt aufstehen, sich umziehen und wieder ordentlich hinlegen. Vielleicht könnte sie dann schlafen. Ja, vielleicht. Vielleicht aber auch nicht. Also ist es doch egal. Sie seufzt. Nein, sie denkt daran zu seufzen. Irgendwie macht ihr Körper gar nichts mehr. Er hat die Verbindung zum Gehirn wohl gekappt und aufgehört zu reagieren.

Ihr Mann ist in der Stadt. Er sitzt in einem Schnellimbiss und verspeist mit Freude eine große Bratwurst mit Senf und Brot. Innerlich hat er ein wenig schlechtes Gewissen, weil er von seiner Ärztin weiß, dass dieses Essen Gift für ihn ist. Zu wenig Bewegung, zu viele Kalorien. Aber er kann diese kleinen Freuden einfach so genießen. Nie würde seine Frau ihm zugestehen, einfach mal über die Stränge zu schlagen. Sie kennt so etwas nicht. Ihr zweiter Vorname sollte Konsequenz heißen. Leider wirkt sie manchmal dadurch auch etwas verbiestert und er fragt sich, wie sie wohl in zehn oder zwanzig Jahren sein würde. Er ist dann sicher um einiges dicker, denn auch wenn er sich bis jetzt ganz gut gehalten hat, er ist ja stattliche 1,87 groß und hat gerade mal 93 kg, so bemerkt er doch in den letzten

Jahren die Tendenz, dass gerade fettes, verbotenes Essen sich nicht mehr so leicht verbergen lässt wie früher. Aber gut. Allzu oft kommt es ja nicht vor, dass er sich solche Ausnahmen gönnt. Wenn er ehrlich zu sich selbst ist, spürt er ja auch, dass es ihm besser geht, wenn er sich vernünftig ernährt. Seine Frau kocht außerdem wirklich außerordentlich gut. Sie hat immer neue Ideen, geht auf seine und Peters Vorlieben ein und schafft es trotzdem, ausreichend Gemüse und Obst auf dem Speiseplan unterzubringen.

Ingrid liegt noch immer auf dem Bett, ohne zu wissen, wo Herbert gerade ist. Das ist nicht das Außergewöhnliche. Eher, dass sie gar nicht wissen will, wo er ist. Sonst war das anders. Gerade zu Beginn ihrer Beziehung war sie gerade zu panisch geworden, wenn sie sich nicht in jeder Minute vor Augen führen konnte, wo er gerade in diesem Moment war. Warum das so war, konnte sie nicht sagen, ihre jüngere Freundin Alice hatte das immer als Verlustangst bezeichnet. Nach dem Motto: erst aus den Augen, dann aus dem Leben. Aber Alice war eine Hobbypsychologin, die gerne ungefragt Ratschläge und Theorien verkündete. Was Ingrid und sie zu Freundinnen machte, kann keine von ihnen so genau sagen. Sie kennen sich, seit sie 18 und 15 waren, und haben einander trotz ihrer unterschiedlichen Lebensläufe niemals ganz aus den Augen verloren. Es gab zwar Jahre, in denen sie nur telefonisch in Kontakt waren, aber selbst nach so langen Abstinenzen war jedes Treffen der beiden genauso herzlich wie das vorangegangene. Zwischen ihnen scheint es, als würde keine Zeit existieren, oder als wäre ihre Beziehung ausgenommen von Zeit und Raum. Sie trafen sich – egal wo – und redeten stundenlang und so versunken, dass die

Außenwelt keinen Zugang mehr zu ihnen hatte und sie sie nicht mehr wahrnehmen konnten und wollten.

Alice – das wäre die Lösung. Alice kann ihr sicher aus dieser Situation heraushelfen. Sie ist wohl die Einzige, der sie überhaupt erzählen kann, wie es ihr geht. Auch wenn sie dafür ertragen musste, dass Alice aus den Tiefen ihrer Selbsthilfebücher rezitieren, selbst Theorien und Heilungsansätze entwerfen würde, das wäre aber trotz allem eine Erleichterung für sie. Einen Menschen haben, dem man alles erzählen kann. Aber Alice kann nicht einfach auf einen Kurzbesuch zu ihr kommen, um sie wieder aufzurichten. Sie befindet sich nämlich schon seit über vier Monaten mit ihrem Lebensabschnittspartner auf Weltreise. Die beiden kennen sich zwar erst seit knapp zwei Jahren, haben aber als herausragende Gemeinsamkeit, dass beide den langen Traum hegten, einmal alle Routine auf null herunterzufahren und ihre gewohnte Welt für einen unbestimmten Zeitraum zu verlassen. Ein Ausstieg ohne Sicherheitsnetz, sozusagen. Nicht, wie es viele machen: unbezahlten Urlaub für acht Monate, ein Jahr Sabbatical, die Wohnung in der Zwischenzeit von Freunden beaufsichtigen lassen oder vermieten. Nein, einfach kündigen, Wohnung ausräumen, alles zu Geld machen, was möglich war, und losfahren. Pro Person ein Rucksack und das erste Ziel in Angriff nehmen, ohne zu wissen, was danach kommt. Erst dann wieder zurückkommen, wenn die Lust am Weiterreisen abnehmen würde. Für Ingrid ist schon alleine die Vorstellung, ohne Rückkehr-Fixtermin loszufahren, der reine Alptraum. Sosehr sie ihre Reisen mit der Familie genoss, sie war diejenige, die vom ersten Tag an zählt, wie viele Tage sie noch hatte, bevor es wieder zurück nach Hause geht. Diese Angewohnheit hat sie schon in ihrer Jugendzeit gehabt. Sie verstand nie die Schulkolleginnen, die auf Klassenfahrten plötzlich laut heulend festgestellt hatten, dass ihnen nur noch ein oder zwei Tage blieben. Was haben die denn?, dachte sie in diesen Momenten – klar sind es nur noch zwei Tage, gestern waren es noch drei, vorgestern vier usw.

Sie versteht auch nie, wie es Menschen geben kann, die von Weihnachten „überrascht" werden. Sie sammelt das ganze Jahr über Ideen, wem sie was schenken könnte, besorgt die Dinge in der ersten Oktoberhälfte, nimmt sich die zweite Hälfte des Monats Zeit, sie einzupacken und passende Grußkarten dazu zu schreiben und hat so spätestens Anfang November alles erledigt. Dann ist ca. einen Monat Ruhe und ab Anfang Dezember freut sie sich wie ein Kind jeden Tag mehr auf Weihnachten, wenn sie endlich ihre Geschenke weitergeben darf! Sie hätte sie oft gerne schon am 2., 10. oder 18. Dezember verschenkt, weil sie es kaum mehr erwarten kann. Dieser Gedanke lässt sie lächeln. Sie lächelt? Liegt seit – keine Ahnung, wie lange – in einem völlig zerknitterten Businesskostüm am gemachten Bett, eingerollt, wie eine Raupe, will verschwinden und nie mehr wieder aufstehen müssen, und jetzt lächelt sie, weil sie Weihnachten nicht erwarten kann? Wie viele Tage sind es denn von heute an noch? Sie rechnet kurz hoch, es ist der 15. September, also noch 15 Tage in diesem Monat, 31 im Oktober, 30 November und 24 im Dezember ... das macht ... puh, sie scheint wirklich schon einen Sauerstoffmangel im Gehirn zu haben, denkt sie bei sich, wenn ihr so eine einfache Addition solche Probleme bereitet. Also hebt sie die Bettdecke ein wenig an, blinzelt in das unglaublich hell und grell wirkende Licht und saugt gierig die frische Luft des

Zimmers außerhalb ihres Kokons ein. 100 Tage! Das ist's! Es sind noch genau 100 Tage bis Weihnachten. Wo hat sie denn ihre Liste mit den Geschenkideen hingelegt? Ah, ja, im Ordner „zu erledigen". Hat sie bei allen, die beschenkt werden, denn schon etwas notiert? Sie glaubt, nein, da fehlt doch noch die eine oder andere Zeile in der Tabelle.

Sofort spürt sie den Drang aufzustehen und das zu vervollständigen. Aber dieser Impuls erreicht ihre Muskeln nicht. Er ist da, sie spürt ihn und erkennt ihn sofort wieder. Idee, aufstehen, anpacken, abschließen. Das ist ihr gewohnter Handlungsablauf. Nicht rumliegen und denken, dass sie sollte. Eigentlich sollte. Wie sehr sie Menschen verabscheut, die ständig nur „eigentlich" dieses oder jenes tun wollen. Aber nie ihren Hintern hochbekommen und wirklich mit etwas beginnen. Unvorstellbar für sie. Aber jetzt? Sie zögert in ihren Gedanken. Was ist das, was sie hier in dieses Bett, in diese Körperhaltung zwingt? Was ist stärker als ihr Drang aufzustehen und dort weiterzumachen, wo sie aufgehört hat? Wieso jetzt? Gerade gibt es doch so viel zu tun. In der Firma, zu Hause, sie hat doch gerade heute Morgen noch ihre To-do-Liste angesehen und sich die nächsten paar Aufgaben mit Leuchtmarker angestrichen, die sie heute und eventuell morgen erledigen wollte.

WOLLTE? Wollte sie wirklich? Ja, sonst würde es ja keiner machen, außer ihr. Und was wäre, wenn? Schon wieder diese Frage. Was wäre, wenn ... wenn sie nicht mehr aufstehen würde. Wenn keiner die Weihnachtsgeschenke besorgt, wenn keiner die Einladung für die nächsten Wochenenden ausspricht. Wenn keiner die Einkaufslisten auf Vollständigkeit überprüft. Wenn keiner die Handwerker anschreibt, um die Angebote für die nächste anstehende Renovierung (Malerarbeiten außen) einzuholen. Ja ... was wäre dann?

Ihre Welt würde im Chaos versinken. Vermutlich. Oder auch nicht. Ein vergessenes Weihnachtsgeschenk kann ungeahnte Auswirkungen haben. Oder auch nicht.

Innerlich schüttelt sie abermals den Kopf. Was ist denn nur los? Woher kommen denn plötzlich diese Gedanken? Sie, die nie einen Zweifel verspürt hat, die so überzeugt ist von der Richtigkeit ihres Handelns, dass sie massenhaft andere Menschen auch davon überzeugen kann. Das ist ein Teil ihres beruflichen Erfolges. Was zum Teufel würde passieren, wenn sie diese Überzeugung nicht mehr hätte? DANN würde wirklich alles den Bach hinuntergehen. Keiner würde sich mehr kümmern, sie auch nicht, denn wozu? Wozu das alles?

Sie will am liebsten weinen. Oder wünscht sich jemanden, der einen Reset-Knopf an ihrem Hinterkopf drückt, um sie wieder in die Ausgangslage zurückzubringen, damit sie wieder dort weitermachen kann, wo sie aufgehört hat. Wann hat sie denn aufgehört? Heute Nachmittag, als sie ins Schlafzimmer gekommen war? Heute Morgen, als sie vor dem Spiegel stand und sich dachte, okay, noch ein Tag und noch ein Tag und irgendwie schaffst du es schon, also schmink dich, kleb dein Lächeln fest und ab durch die Mitte!?

Wann lief es denn am rundesten bei ihr? Mit Mitte 20? Anfang 30? Rund ... so einfach und leicht lief es doch eigentlich nie. Immer musste sie mit Druck arbeiten. Immer dafür sorgen, dass nicht nur sie, sondern auch alle in ihrem unmittelbaren Umfeld nicht nachließen. Nicht aufgaben. Dran blieben. Alles bis zur Perfektion brachten. Aber leicht war das nicht. Zwar fühlte sie sich schon befriedigt, wenn etwas erledigt war und sie mit dem Ausgang zufrieden sein konnte, weil die Realität ihre Vorstellungen gleich oder zumindest nahe kam. Aber so einfach und leicht dahinleben – das kennt sie nur aus den Gesprächen mit anderen. Aus Büchern, die unglaubliche Leichtigkeit des Seins. Ein Titel, der nur Fragezeichen in ihr auslöste. Nur Ratlosigkeit zurückließ. Aber ihre Freundin Alice, die hat so etwas Leichtes an sich. Sie hat ihr oft vorgeworfen, sich nicht einlassen zu wollen und deshalb über allem drüberzufliegen. Konzentrationsschwäche hat sie dann oft bei sich gedacht. Aber vielleicht war da ja auch irgendwo ein kleiner Teil in ihr, der sie beneidet. Für ihr Lachen, wenn sie einen Fehler entdeckt hat, egal ob von sich oder von anderen. Die wegwischende Handbewegung dazu, das Leuchten der Augen, wenn sie einen Satz sagte wie: Es soll uns nie etwas Schlimmeres passieren! Und einfach wieder von vorne begann oder auch in Sekundenschnelle eine Alternativlösung präsentierte. Sie hat sich immer von diesem Verhalten gestört gefühlt. Wie kann eine so wichtige Person in ihrem Leben so anders denken und trotzdem erfolgreich ihr Leben leben? Das würde ja geradezu bedeuten, dass es egal wäre, nicht genau und nach Plan zu leben. Aber das konnte doch nicht AUCH funktionieren?

Sie braucht Ziele, Zwischenziele, Zeitziele, Listen, auf denen sie abhakeln kann, was erledigt war. Alice hat ihre Genauigkeit oft mit einem Lächeln kommentiert: „Das, was du brauchst, wäre mein Tod Vielleicht könnte es umgekehrt funktionieren, aber ich glaube nicht." Damals hatte sie gar nicht verstanden, was sie damit sagen wollte. Fühlte sich aber ein wenig unwohl. War sich nicht sicher, ob in dieser Aussage eine Beleidigung steckte oder nicht. Schließlich überging sie sie, heftete sie geistig unter:

„Eine Ausrede, weil sie es halt nicht so hinkriegt wie ich"
ab. Ziemlich überzeugt von sich selbst. Sie seufzt.

Die Bettdecke ist noch immer ein kleines Stück offen
und auch ihre Augen haben sich an die Helligkeit
gewohnt. Aber was soll sie jetzt tun? Aufstehen,
weitermachen – sagt ihr Gehirn. Liegen bleiben,
Gedanken schweifen lassen, ein anderer Teil in ihr. Ihr
Körper folgt dem zweiten Teil. Er rührt sich nicht.
Bleibt in leicht zusammengerollter Haltung liegen.
Eigentlich spürt sie ihn kaum mehr! Aber er ist doch
noch da. Doch, wenn sie sich konzentriert, kann sie das
Bett unter sich spüren. Die Teile des Körpers, die auf
der Matratze aufliegen. Auch die Punkte an ihren Beinen,
an denen sie sich berühren. An den Knien, den
Knöcheln, den Waden. Trotzdem ist sie wie gelähmt.
Wieso strampelt sie nicht mit den Beinen, schlägt die
Decke zurück und steht endlich wieder auf? Es wird
doch nichts besser werden, wenn sie hier noch
stundenlang herumliegt. Stundenlang? Eine grausige
Vorstellung! Wie lange lag sie denn schon im Bett? 10
Minuten? Eine halbe Stunde? Länger??
Sie weiß nicht mehr, wann sie hier in das Zimmer
gegangen war. Dabei hat sie sicher aus Gewohnheit beim
Eintreten auf ihren Wecker gesehen. Also erinnere dich
– gibt sie sich den Befehl. Aber das Gehirn behält diese
Information für sich. Verschlossen. Wozu willst du das
wissen?, fragt dieser andere Teil in ihr. Oh Gott, diese
Stimme schon wieder! Sie seufzt dieses Mal laut. Wo
kommt denn diese Stimme her? Wer hat ihr die
eingesetzt? Eingepflanzt? Wurde sie verrückt? Ich höre
Stimmen, denkt sie bei sich. Wenn sie diesen Satz in
ihrer normalen Stimme sagt, wartet sie geradezu selbst
darauf, dass sie fortfährt mit: die aus dem Nebenzimmer

kommen, wo gerade eine Besprechung über das Budget für 2014 stattfindet. Aber diesen zweiten Teil kann sie sich nun sparen. Sie hört wirklich Stimmen und die sind in ihr? Wieso taucht ihr jetzt auf?, fragt sie verzweifelt, lasst mich doch in Ruhe, ich habe auch ohne euch schon genug um die Ohren. Haha, guter Wortwitz, antwortet die Stimme, jetzt hast du mich auch in den Ohren, im Gehirn und ich bin nicht so leicht zu entfernen, wie die Punkte auf deiner To-do-Liste!

Sie stockt. Die Stimme antwortet also auf ihre Gedanken. Ja, klar tu ich das!, kommt es sofort. Die Stimme ist ihr unangenehm. Sie kann nicht benennen, was es ist, da sie ja keine Lautstärke im Außen hat, aber etwas an ihr mag sie nicht. – Ja, klar, du willst einfach nicht hören, was ich dir zu sagen habe!, kommt es sofort, das macht mich dir unangenehm, nicht meine Tonlage, Lautstärke oder sonst was!

Sie presst die Augen zusammen – jetzt passiert es also wirklich. Sie wird verrückt! Keine Sorge, nicht verrückter, als du es schon dein ganzes Leben lang bist!, sagt die Stimme.

Sie schluchzt. Lass mich in Ruhe, bitte, bitte, bitte geh wieder weg! Stille.

Sie öffnet die Augen, bewegt den Kopf und lauscht in sich. Hat das gewirkt? Ist das nur ein Traum gewesen, Einbildung? Aber dann ist da wieder ganz leise, wie aus weiter Entfernung, die Antwort: Du willst mich nicht hören, aber ich bin da. Und immer wieder werde ich dir sagen, was ich zu sagen habe. Da kannst du dich in deinem Alltag mit noch so viel Lärm und Geschäftigkeit zudecken, ich finde schon die stillen Stunden, in denen du mich hören kannst. Und du kannst mich auch nicht einfach fortschicken. Ich bin doch ein Teil von dir.

71

Tief atmet sie ein und aus. So, das war's. Sie notiert geistig einen weiteren Punkt auf der Erledigungsliste: Termin Dr. Schuller – Überweisung zu HNO-Arzt oder Neurologen.

Aber anstatt aufzustehen und nun ENDLICH wieder in die Gänge zu kommen, liegt sie noch immer in unveränderter Haltung da. Welcher Arzt ist für Ganzkörperlähmungen zuständig?

In der Zwischenzeit hat Herbert sich noch ein Dutzend Schoko-Mini-Donuts zur Nachspeise gegönnt, sich in sein Auto gesetzt und ist ein wenig herumgefahren. Nach einer knappen Stunde fährt er, nicht ohne vorher sein Auto in der Waschstraße durch das zur Gewohnheit gewordene 3er-Programm – Waschen, Trocknen, Lack zu fahren und vollzutanken, wieder in die Einfahrt des Hauses. Er öffnet die Tür und wird begeistert von Clara begrüßt, die nun hofft, endlich zu ihrem versäumten Nachmittagsspaziergang zu kommen. Er blickt ins Wohnzimmer, leer. In die Küche, leer, aber der Kühlschrank und die Tür zur Speisekammer stehen offen. Verärgert schüttelt er den Kopf.

„Ingrid! Bist du zu Hause?", ruft er laut – keine Antwort. Er schließt den Kühlschrank, ohne vorher das sich angesammelte Kondenswasser wegzuwischen, und schließt die Tür zur Speis, durch die es kühl hereinzieht. Klar, dort steht das Fenster das ganze Jahr gekippt, um die Vorräte kühl zu halten, wenn die Jahreszeit es erlaubt. Noch einmal blickt er ins Wohnzimmer und bemerkt dort auf der Couch Schokoladepapier und einige Brösel.

„Peter!", ruft er nun noch lauter. „Bist du da?"

Clara steht schwanzwedelnd vor ihm und sieht ihn

hoffnungsvoll an. „Ja, schon gut, meine Schöne, du bist da, das hab ich schon gesehen. Ist ja gut so", sagt er und tätschelt ihre Schulter. Begeistert läuft sie zur Haustür und sieht wieder zu ihm.

„Warst du denn noch gar nicht draußen?", brummt er erstaunt. „Wo ist denn Frauchen? Was ist denn hier los?" Clara antwortet nicht, schaut weiterhin zwischen ihm und der Tür hin und her. „Weißt du was, du kannst schon mal in den Garten gehen, ich komme dann später und wir drehen noch eine Runde." Er öffnet ihr die Tür, aber sie macht keine Anstalten, alleine rauszugehen. Ach nö, denkt sie bei sich, alleine war ich doch schon draußen, ich will ganz raus, will Zeitung lesen und vielleicht den charmanten Mops von den Meiers treffen! Aber Herrchen macht so gar keine Anstalten mitzugehen, also trottet sie mit gesenktem Kopf auf die Wiese vor das Haus und setzt sich demonstrativ enttäuscht mit dem Rücken zu ihm hin.

Herbert bemerkt das nur aus dem Augenwinkel, denn mittlerweile macht er sich wirklich Sorgen. Das ist ihm noch nie passiert, dass weder seine Frau noch sein Kind zu Hause sind, ohne dass sie ihm Bescheid gesagt hätte, dass sie weggehen und wohin. Und meistens auch noch für wie lange. Oft hat er diese Eigenschaft von Ingrid belächelt, aber jetzt fehlt ihm die Information. Er geht in den 1. Stock hinauf und schaut ins Kinderzimmer. Da liegt Peter am Boden, eine Hand um eine Schokoladetafel gekrallt, die schon halb zerschmolzen ist. Spuren davon sind auf dem Teppich, auf seinem Gesicht und seinem Pullover verteilt. In der anderen Hand hält er sein Star-Wars-Schwert, auf dem sein Kopf gebettet ist, wie auf einen Polster, und schläft tief und fest. Herbert tritt ein, nimmt ihm die Schokolade aus der

Hand, legt sie auf seinen Schreibtisch, wobei er die Schulhefte, die dort liegen, ebenfalls mit Schokospuren verziert, und hebt Peter auf, um ihn ins Bett zu legen.

„Papa?" Peter öffnet verschlafen die Augen. „Was ist denn los?"

„Das würde ich ja dich lieber fragen", sagt Herbert. „Was machst du denn mit der Schokolade hier in deinem Zimmer? Du weißt doch, dass Mama das wütend macht!", sagt er.

„Aber Mama redet nichts mehr, sie sagt, sie will schlafen und ist seit ganz lang im Schlafzimmer und rührt sich nicht."

„Sie rührt sich nicht?", fragt Herbert erschrocken, „aber wieso denn?"

„Ich glaube, sie ist krank, sie hat sich hingelegt und ist nicht mehr rausgekommen", sagt Peter nun schon wieder viel munterer.

„Gut", sagt Herbert, „weißt du was, du gehst jetzt runter und wäschst dir die Hände und das Gesicht. Dann ziehst du deine Jacke an und wir beide gehen mit Clara eine Runde spazieren, geh schon mal vor, ich komme gleich nach unten, ich will nur noch schnell nach Mama sehen."

Peter klettert vom Bett, hinterlässt auch hier wieder braune Spuren und läuft die Stiege hinunter. Herbert betritt das Schlafzimmer und sieht eine eingerollte Gestalt unter der Bettdecke liegen.

„Schatz?", fragt er mit belegter Stimme, „ist alles in Ordnung bei dir?" Keine Reaktion. Er geht noch einen Schritt weiter und überlegt sich, ob er es wagen soll, die Bettdecke zu lüften. „Ingrid?", fragt er noch mal, etwas lauter. „Was ist denn los, fühlst du dich nicht gut?" Er geht in die Hocke und versucht unter die Decke zu sehen. Die wird aber von innen so festgehalten, dass ihm das nicht gelingt. Er hört nichts, spürt aber förmlich den Unwillen, der von seiner Frau ausgeht.

„Ist schon okay", sagt er resigniert, „bleib nur liegen und ruh' dich ein wenig aus. Ich gehe mit Peter und Clara spazieren und mache ihnen anschließend Abendessen. Wenn du magst, kommst du dann zu uns runter, wenn nicht, sehe ich später wieder nach dir. Außer du brauchst jetzt gleich etwas. Soll ich dir etwas zu trinken bringen?" Er glaubt, leichtes Kopfschütteln unter der Decke ausmachen zu können. „Okay, dann geh ich mal. Bis später."

Er geht die Treppe hinunter, immer noch verwundert, geht ins Wohnzimmer und hebt die Reste von Peters Schokosession auf, wirft sie in den Mülleimer.

„Komm, Peter, bist du fertig?", ruft er. Keine Antwort – er sieht durch das Wohnzimmerfenster, wie Peter mit Clara über die Wiese tollt. Schnappt sich seine Jacke, zieht die bequemen Spazierschuhe an und verlässt das Haus, nicht ohne vorher noch den Schlüssel eingesteckt zu haben.

Draußen an der frischen Luft versucht er seine Gedanken zu ordnen. Das ist aber nicht so leicht, Clara saust wie aufgezogen hin und her, immer wieder muss er sie zur Ruhe rufen, Peter plappert in einer Tour, er hatte eindeutig zu wenig Ansprache heute Nachmittag. Er spürt auch ein lästiges Ziehen und Brennen in seinem rechten Ohr. Aber er kann doch nicht um diese Jahreszeit schon eine Mütze aufsetzen. Oder gar ein Stirnband, so wie seine sportlichen Arbeitskollegen es bei diversen Wanderungen und Bergtouren immer tun. Dafür ist er einfach nicht der Typ. Uff, sind das seine Gedanken oder Ingrids? Er ist dafür nicht der Typ, das klingt nicht nach ihm ... Er wundert sich noch mehr. Nach den ersten paar Metern beginnt er scheinbar unauffällig Peter auszufragen.

„Was hast du denn heute Nachmittag gemacht?"

„Gespielt und Comics gelesen", antwortet Peter. „Und ich hab Clara rausgelassen, als sie musste und dann auch wieder rein, weil sie vor der Tür saß und heulte."

Clara dreht sich um, als sie ihren Namen hört, trabt aber gleich wieder in ihrem üblichen Zickzack über die Straße weiter, die Nase am Boden, völlig versunken in die Welt der Gerüche, die nur ihre Hundenase lesen kann. Die zwei Menschen an ihrer Seite sind zwar richtig nett, sie liebt sie aus dem tiefsten Inneren ihrer Hundeseele, aber blind im Sinne von geruchsarm wie Maulwürfe. Ohne Nasen.

„Was hat Mama denn dazu gesagt, dass du auf der Couch Schokolade gegessen hast?", fragt Herbert ins Blaue. Peter schaut ganz ertappt.

„Wieso?", fragt er und denkt sich, verflixt, wieso weiß er das denn schon wieder?

„Wieso ich das wissen will? Weil du genau weißt, dass sie das nicht will, dass du auf der Couch isst. Und dann noch Schokolade und so viele Krümel?" Peter wird rot und murmelt irgendetwas Unverständliches vor sich hin. „Wie bitte?", fragt Herbert.

„Sie hat's ja nicht gewusst, sie war ja oben und ist nicht mehr aus dem Zimmer raus und ich hab's ja weggemacht", meint er etwas schuldbewusst, aber auch mit einem Hauch einer Anklage in der Stimme.

„Weißt du, Mama geht es grad nicht so gut, da kann sie sich doch auch mal hinlegen und ausruhen, am Nachmittag. Das heißt aber nicht, dass die Regeln, die wir aufgestellt haben, nicht mehr gelten. Ist das klar?"

„Jaaa …" Peter schaut jetzt völlig verbiestert drein. So hat er sich den Spaziergang wirklich nicht vorgestellt. Papa ist doch sonst nicht so. Eher verdreht er mal heimlich die Augen, wenn Mama nicht herschaut, und zwinkert ihm zu, wenn sie mal wieder so streng ist. Aber heute? Kaum sagt sie nichts mehr, fängt er an. Er spürt eine Welle von Selbstmitleid in sich aufsteigen und schluckt.

Herbert bemerkt die Stimmung seines Sohnes und sagt versöhnlich: „Wir sagen es ihr einfach nicht, okay, du musst mir aber nachher noch helfen, alles sauber zu machen. Wir müssen halt einfach hoffen, dass sie nicht in der Zwischenzeit ins Wohnzimmer gegangen ist."

Das Bildungshaus „Frag nach" wurde vor 17 Jahren von zwei Idealisten und einer kühlen Rechnerin gegründet. Oft ist es ja umgekehrt, dass der Idealismus dem weiblichen Part zufällt und die Rechnerei dem männlichen. In diesem Fall war es aber anders. Die beiden Männer waren selbstständig als Trainer und ärgerten sich immer wieder über die Bildungseinrichtungen, denen sie ihre Kurse unterbreiteten. Über deren Vorsicht, deren Zweifel, die Inhalte und die Qualität der Kurse betreffend. Also saßen sie eines Abends etwas frustriert über die Masse der Absagen zusammen in einem Wirtshaus, aßen das Tagesgericht, tranken ihr Bier und sinnierten über die Möglichkeiten, die sie hätten, wenn sie nicht immer von den engstirnigen Bürokraten gestoppt werden würden. Dass ihre Kurse allesamt Erfolg haben würden, war für sie beide klar. So überzeugt, wie sie von ihrem Können waren, waren sie auch davon, welchen Nutzen die Menschheit von ihrem Wissen haben könnte. Wenn sie es denn nur endlich anbieten könnten. Allerdings waren sie beide schon draufgekommen, dass die Unterstützung einer öffentlichen Bildungseinrichtung auch nicht schlecht war, denn ihre Versuche, auf eigene Faust die Seminare und Kurse, die ihnen im Kopf herumschwirrten, anzubieten, war in den ersten Jahren ihrer Arbeit im Sande verlaufen. Sie konnten einfach nicht mit den Preisen einer größeren Einrichtung mithalten, hatten nicht die Auswahl zwischen verschiedensten Raumgrößen, je nach Teilnehmerzahl, und ganz sicher nicht die Reichweite in der Bekanntgabe ihrer Kurse, wie es ihre Hinderer, wie sie sie gerne nannten. hatten.

Aber was wäre, wenn sie selbst so eine Einrichtung leiten würden? Was wäre, wenn sie selbst genügend

Räume zur Verfügung hätten, die Versandwege von größeren Einrichtungen nutzen und Kurse zu quasi geförderten Preisen anbieten könnten? Dann würde ihnen der Bildungs- und Seminarhimmel offen stehen und sie würden diese ganze alteingesessene Horde von Bildungshausleitern und Entscheidungsträgern an anderen Stellen ausbooten. Dessen waren sie sich sicher. Mit jedem Schluck Bier wurden sie immer noch sicherer, dass es so war! Also was stand ihnen im Wege? Eigentlich doch nichts, außer, dass sie – wenn sie ganz ehrlich waren – keine Ahnung hatten, wie so eine Gründung und Leitung zu bewerkstelligen sei. Aber das konnte doch kein Problem sein. Andere schafften das ja schließlich auch. Trotzdem hielt sie der Gedanke, dass es sich dabei um unangenehme Aufgabengebiete handelte, was die Verwaltung und tägliche Betreuung betraf, noch ein wenig zurück. Das heißt, den einen von ihnen, Fritz, mit vollem Namen Friedrich.

Klaus war der Überflieger schlechthin. Wir wollen ein Bildungshaus, das unsere Seminare anbietet – dann gründen wir es. Punkt. Kein Gedanke, was damit noch an Arbeit verbunden sein könnte, kein Zweifel, dass es möglich sein müsste, Seminare zu niedrigen Preisen anzubieten und trotzdem, fürstliche Honorare zu kassieren. Das geht dann schon irgendwie – da nehmen wir uns ein paar billige Trainer, die Kurse leiten, die völlig überfüllt sind, und den Gewinn teilen wir dann auf. Da haben alle was davon. Die anderen Kursleiter bekommen Arbeit, die Teilnehmer ihre Kurse und wir das Geld und die Freiheit so zu arbeiten, wie wir wollen.

Fritz dachte mit etwas Unbehagen an den bürokratischen Aufwand. Er hatte schon schlechte Erfahrungen gemacht, wenn er versucht hatte ohne professionelle Organisation einen Kurs anzubieten und war um eine Erfahrung klüger, sonst dafür ärmer geworden, dieser Versuch war nämlich das reinste Verlustgeschäft für ihn.

Klaus ließ solche Kleinigkeiten einfach nicht gelten. „Papperlapapp", meinte er. „Das ist doch kein Aufwand! Das machen wir links, wenn es sein muss auch in den Seminarpausen, wozu gibt's Vorlagen und Vordrucke, da wird ein Name und ein Datum geändert, Zeitaufwand ca. 30 Sekunden pro Blatt. Und wenn wir mal so viel zu tun haben sollten, dass wir uns darum nicht mehr kümmern können, nehmen wir uns einfach eine Sekretärin." Da hellte sich Fritz' Gesicht wieder auf.

„Da wüsste ich auch schon jemanden!", meinte er begeistert. „Die Melanie aus unserer Nachbarschaft. Die treffe ich immer auf meinen Laufrunden – sie haben irgend so einen Riesenhund in Braun. Sie arbeitet ..."

Klaus unterbrach ihn: „Wenn die einen Job hat, wird sie kaum in ihrer Freizeit was für uns erledigen. Nein, wir bräuchten jemanden, der grad einen Job sucht und darum auch für wenig Geld so was für uns erledigt. Vielleicht gibt es ja eine Trainerin, die alleine nichts reißt und froh wäre, auf diese Art in die Nähe von Seminaren zu kommen. Sie kann ja ruhig auch selbst was anbieten, was wir nicht im Repertoire haben, dann haben wir den doppelten Nutzen und dafür erledigt sie auch den Verwaltungskram."

Fritz nickte begeistert und bestellte gleich noch zwei Bier. Dieser Gedanke musste weitergeführt werden.

„Okay, das machen wir, das wird super. Wir brauchen also eine Trainerin, die einen Job sucht und gut organisieren kann! Am besten wäre ein Haus, das sonst niemand braucht, wo die Miete nicht zu hoch ist. Oder wir melden uns einfach als Bildungseinrichtung an und lassen uns vom Staat sponsern. Das wäre wohl die bequemste Lösung. Ich mach mich mal schlau, was es dazu braucht."

„Nee, ich glaub nicht, dass das eine gute Idee ist", brummte Klaus dazu. „Soviel ich weiß, sind das dann NPOs, die gefördert werden und das ist das Gegenteil von dem, was wir erreichen wollen!" So ging es noch eine Weile hin und her.

Die Realität stellte sich dann allerdings ganz anders dar. Zwar hatten die beiden es geschafft, durch einen äußerst günstigen Bankkredit ein paar in Frage kommende Häuser zu besichtigen, mussten sich dann allerdings mit einem Trakt in einem bereits bestehenden Bürogebäude begnügen, da sie die Kosten ein wenig unterschätzt hatten. Aber das war ihnen egal, schließlich war dieser Ort nur eine Übergangslösung, bevor das eigene Seminarhaus, am besten in Form eines Hotels, Schlosses oder Ähnlichem greifbar war. Sogar eine „Mitarbeiterin" hatten sie gefunden. Eine junge Trainerin, sehr fähig, organisiert und vor allem eine kühle Rechnerin. Warum ausgerechnet diese realistisch denkende junge Frau namens Sigrid auf das Geschwätz von den beiden Dampfplauderern hereinfiel, ist natürlich fraglich, aber es hatte wohl etwas mit ihrer Vorliebe für braune Augen zu tun und Klaus hatte braune Augen, aus denen er sie lange und intensiv anblickte.

Also sagte sie zu, in dem neuen Bildungszentrum oder Seminarhaus oder was auch immer mitzuarbeiten, erst mal als geringfügig Beschäftigte für die Verwaltung, spätestens in ein paar Monaten jedoch auch als Trainerin mit ihren eigenen Seminaren.

Allerdings stellte sich schnell heraus, dass sie erst mal damit beschäftigt war, einen Büroraum für ihre Tätigkeit einzurichten. Mit deutlich gebremstem Enthusiasmus widmete sie sich dann erst nach gut drei Wochen ihrer eigentlichen Aufgabe, nachdem sie in diesem Monat schon beinahe ihre veranschlagte Arbeitszeit um das Doppelte überschritten hatte. Sie begann Ausschreibungen von Klaus und Fritz zu vervollständigen, nachdem ihr die beiden ihre Wünsche bezüglich Kursterminen und Raumbelegung mitgeteilt hatten. Sie kümmerte sich um alles Administrative und wartete auf Anmeldungen.

Nach einer Woche dieser Arbeit waren weder Fritz noch Klaus auch nur ein einziges Mal in den gemieteten Räumen gewesen. Also beschloss sie für sich, dass sie diese Arbeit zumindest teilweise sehr gut auch von zu Hause erledigen konnte. Es fiel niemandem auf, nachdem sie das Telefon zu den „Geschäftszeiten" auf ihr privates Telefon umgeleitet hatte.

Aber etwas anderes fiel ihr auf – nämlich dass die beiden auf diese Art und Weise wohl kaum fähig sein würden, ihr Honorar zu bezahlen. So begann sie auf eigene Faust ihre eigenen Seminare auszuschreiben, achtete sorgfältig darauf, zeitlich und räumlich nicht mit den Kursen der Chefs zu kollidieren und begann nun wieder motivierter mit dem Versand in eigener Sache. Und siehe da – ihre kleinen Kurse, „Entspannung im Arbeitsalltag", „Ruhe finden trotz Familie" und „Ein Wochenausklang mit Besinnung" fanden Interesse und die ersten Anmeldungen trafen ein.

Sie wartete noch etwas ab, aber nachdem sie sich sicher war, dass sie die ersten Kurse füllen konnte, schickte sie an die beiden Herren eine E-Mail, in der sie darauf hinwies, dass sie erstens bis jetzt vergeblich auf ihr erstes vereinbartes Monatsgehalt wartete, sie das allerdings verstehen könnte, weil nämlich zweitens noch keine einzige Anmeldung für die Starseminare gekommen waren und sie daher drittens bereit sei, ihnen das Honorar entweder zu stunden oder einfach in Form der sonst fälligen Raummiete für ihre Kurse gegenzurechnen. Sie habe nämlich im Gegensatz zu ihnen für die nächsten zweieinhalb Monate gut gebuchte Kurse, die sie in den Räumen zu halten gedenke.

Damit waren erst mal die Fronten etwas verhärtet, aber nachdem Klaus und Fritz einsahen, dass sich auf diese Art zumindest ihre Schuldenlast nicht mehr so stark vergrößerte, stimmten sie zähneknirschend zu.

Eine Bedingung der beiden war allerdings, dass sie weiterhin bzw. noch verstärkt Werbung und Ausschreibungen für ihre Kurse machte. Das war kein Problem für Sigrid, die Arbeit war leicht zu bewältigen und für sie bedeutete dieses Arrangement eine Möglichkeit, Kurse anzubieten, ohne auf fremde Räume und Stornozeiten angewiesen zu sein. Etwa ein halbes Jahr lief es so weiter, gelegentlich fand sich auch jemand, der Interesse an den Seminaren von Fritz und Klaus zeigte, aber bis auf einen halbherzigen Versuch eines mit Kleingruppe und Unterstützung von Klaus uns Sigrid, die die Reihen auffüllen mussten, zu veranstalten, kam nichts zustande. Sowohl Klaus als auch Fritz wuchsen die Kosten über den Kopf und so mussten beide zuerst mal wieder einen Brotjob finden und danach auch einsehen, dass ihr Plan nicht aufgegangen war. Ein weiteres halbes Jahr später suchten sie verzweifelt nach Investoren, denn vor lauter Euphorie war ihnen entgangen, dass sie mit dem Mietvertrag über zwei Jahre lang gebunden waren! Sigrid hatte sie wohl ein paarmal darauf hingewiesen, aber diese Informationen waren in den üblichen Schwelgereien untergegangen.

Ungefähr zu dieser Zeit kam Hubert ins Spiel. Er war noch voll im Geschäft, seine Kurse und Seminare waren monate-, wenn nicht jahrelang im Voraus ausgebucht und er fühlte sich ausgelaugt. Pleiten sprechen sich schnell herum, gerade in einer Branche, in der jeder dem anderen die Kunden neidet!

Er kaufte sich ein, zahlte die beiden aus und engagierte eine kluge Verwaltung, allerdings mit der Option, in dem Betrieb eine kleine Aufgabe übernehmen zu können. Er hörte nach und nach auf, selbst Kurse zu geben, und engagierte sich so quasi ehrenamtlich. Nach ein paar Jahren wurden die ehemals angemieteten Räume zu klein, er sah sich nach einem Seminarhaus mit angeschlossenem Wohnheim um, das Institut zog um und dort nahm er die Stelle als Hausmeister an. Mittlerweile wusste niemand von der Verwaltung mehr, wer genau er war, sie schätzten ihn in seiner Funktion als Hausl, aber mehr nicht. Kein Mensch ahnte, dass er seinem Chef begegnet, wenn Hubert freundlich grüßend ein Büro betrat, um einen Stuhl abzuholen, bei dem die Höhenverstellbarkeit nicht mehr funktionierte, oder er unterm Tisch die Platte oder die Tischbeine wieder glatt hobelte, damit sich die Damen nicht ihre Strumpfhosen zerreißen.

Das gefällt ihm. So kann er irgendwie noch in der Branche drinnen bleiben, ohne aktiv daran teilnehmen zu müssen. Er beobachtet die Kurse, lässt aber der Verwaltung in Fragen der Entwicklung völlig freie Wahl.

Er führt mittlerweile ein einfaches Leben, fühlt sich damit glücklicher, als er es jemals in seiner „erfolgreichen" Zeit war.

Aber seit dieser Woche ist er in einer seltsamen Stimmung. So etwas wie Sehnsucht. Sehnsucht nach menschlicher Gesellschaft. Nach Wärme und Zuneigung. Eva hat das in ihm ausgelöst, er weiß das. Allerdings weiß er nicht damit umzugehen. Und so entsteht in ihm das Gefühl, sie zurückstoßen zu wollen, im gleichen Ausmaß wie die Sehnsucht nach ihrer Gesellschaft wächst. Er ist schockiert über sich selbst, findet seine Ambitionen absolut verwerflich, aber kann nicht aus seiner Haut. Wenn er zu Hause in seinem Bett liegt, überlegt er, wie er es schaffen könnte, sie so vor den Kopf zu stoßen, dass sie den Kontakt zu ihm abbricht. Gleichzeitig graust ihm vor diesem Gedanken und vor sich selbst!

Als Herbert, Peter und Clara nach ihrem Spaziergang wieder auf ihr Haus zugehen, sehen sie, dass in der Küche und im Gang Licht brennt. „Schau, Peterle, alles wieder in Ordnung. Mami ist wieder ausgeruht und aufgestanden", sagt er mehr zu sich als zu seinem Sohn, „jetzt läuft alles wieder wie gewohnt weiter."

Peter sieht ihn einen Moment an, als wüsste er nicht, wovon er spricht. Dann plötzlich zeigt sein Gesicht, dass es ihm wieder eingefallen ist und er nickt eifrig. „Dann kann ich ihr auch zeigen, was ich am Nachmittag gemalt habe", ruft er freudig aus und läuft aufs Haus zu. Beneidenswert, denkt sich Herbert, so schnell seine Sorgen vergessen zu können und im Augenblick zu leben! Wann verliert man diese Gabe eigentlich?

Er betritt das Haus, zieht seine Schuhe, die Jacke und den Schal aus, nimmt Clara das Halsband ab und trocknet ihre Pfoten und das nass gewordene Fell am Bauch ab.

„So, meine Schöne, jetzt bekommst du noch dein Abendessen und dann wird es Zeit für dein Vorabendschläfchen", meint er lächelnd.

Ingrid kommt aus der Küche. Ihr Gesicht sieht etwas verschwollen aus, schräg über ein Auge läuft von der Stirn bis zu ihrem rechten Ohr noch der Abdruck des Kissens, in das sie ihren Kopf gepresst hatte.

Herbert begrüßt sie mit einem flüchtigen Kuss, sieht sie an und sagt: „Alles okay bei dir?"

„Ja, ja", antwortet sie verschwommen, „ich war einfach so müde. Vielleicht brüte ich was aus. Wie lange wart ihr denn spazieren?"

„Fast eine Stunde, na ja, 50 Minuten, um genau zu sein. Aber wir haben Klaus und Berri getroffen und die beiden haben sich Wettrennen um den Wurfball geliefert. Clara ist also gut ausgepowert. Ich werde ihr mal was zum Fressen richten."

„Es gibt heute Ofenkartoffel mit Sauerrahm und Salat, die Kartoffeln brauchen noch eine knappe halbe Stunde, deckst du bitte den Tisch bis dahin?", sagt sie mit leiser, geradezu sanfter Stimme und geht die Treppe nach oben. Verwundert blickt Herbert ihr nach.

Ganz normal ist das aber nicht. Entweder macht Ingrid alles selbst, weil sie es „so haben will, wie sie es halt haben will", und das kann ihr kaum jemand anderer liefern, oder sie bestimmt einfach, wer was zu tun hat. Eine Frage, die beinahe wie eine Bitte klingt, ist äußerst ungewohnt aus ihrem Mund. Na ja, denkt sich Herbert, vielleicht brütet sie ja wirklich was aus und das alles hier kostet sie einfach zu viel Kraft. Er hört, wie sie im Badezimmer die Dusche laufen lässt und bald darauf das Schließen der Duschwand. Sie knirscht nämlich so erbärmlich, dass man es durch das ganze Haus hören kann. Wenn alles normal ist, würde er gleich darauf Ingrids Stimme hören, die ihn dazu auffordert, doch ENDLICH etwas gegen dieses Quietschen zu unternehmen. Aber … nichts.

Herbert seufzt und erst als er sieht, dass Clara sabbernd vor ihm sitzt, fällt ihm wieder ein, was er tun wollte. Er füttert den Hund, deckt den Tisch, hilft Peter aus der Jacke und weist ihn an, sich die Hände zu waschen und sich schon mal an den Tisch zu setzen. Seine Bilder könne er ja mitnehmen, um sie anschließend Ingrid zu zeigen. Peter sieht ihn verwundert an.

„Aber die kann ich nicht mitnehmen, die sind doch an der Wand!"

Herbert dreht um und geht ebenfalls ins Obergeschoss, betritt das Schlafzimmer und kann plötzlich kaum dem Wunsch widerstehen, sich ebenfalls aufs Bett zu legen, die Decke über den Kopf zu ziehen und darunter liegen zu bleiben. Tief atmet er ein und aus und nochmal ein und aus, ein und aus. Dann geht er ins Kinderzimmer, schaut dabei genau, wie es mit den Wänden bestellt war, findet aber keine Kunstwerke seines Sohnes. Im Gang ebenso wenig. Die Tür des Gästezimmers ist geschlossen. Er öffnet sie vorsichtig, blickt hinein, nichts. Er geht wieder ins Erdgeschoss, suchend, sieht ins Wohnzimmer, in die Küche, die Speis. Dann betritt er das Büro – nichts. Peter sitzt am Esstisch und sieht ihm verwundert nach.

„Papa, was machst du?"

„Ich suche deine Bilder, du hast doch gesagt, die sind an der Wand", antwortet er.

„Ja, aber doch nicht hier, bei mir im Zimmer an der Wand."

„Da hab ich nachgesehen, da ist nichts."

„Doch", ruft Peter, springt auf und lauft die Treppe hinauf. Herbert ihm nach. Peter reißt die Tür seines Zimmers auf und deutet an die große Pinnwand, die links von seinem Schreibtisch steht. „Da! Ich hab sie doch extra gleich aufgehängt, damit ihr sie dann anschauen könnt!"

Gemeinsam gehen sie zum Abendessen. Später, als Peter schon schläft, versucht Herbert seine Frau noch mal auf ihr Verhalten am Nachmittag anzusprechen. Sie reagiert darauf allerdings so unwirsch, dass er nicht weiter nachfragt.

Ingrid ist perfekt, sie will perfekt sein, sie will, dass alles, was sie macht, perfekt ist. Deswegen schafft sie dieser Aussetzer, den sie am Nachmittag hatte, auch so sehr. Sie ist es nicht gewohnt, nicht das zu tun, was sie sich vornimmt, nicht zu funktionieren. Nachdem sie so hart zu sich selbst ist, ist sie es auch anderen gegenüber. Bei Peter in der Erziehung, Herbert gegenüber in ihrer Beziehung, anderen gegenüber in ihrem Urteil. Wenn sie hört, dass jemand ein Ziel aufgegeben hat, etwas nicht durchgezogen oder vermasselt hat, was er sich vorgenommen hat, reagiert sie mit Spott. Mit beißendem Spott. Was sie dazu veranlasst, so hart zu sein, weiß sie selbst nicht.

Herbert hat sie das einmal gefragt, nachdem sie über eine der Nachbarinnen hergezogen war, die eine Ausbildung auf dem zweiten Bildungsweg abgebrochen hatte, weil ihr das alles zu viel wurde. Die Familie, die Ausbildung, sie war sich auch nicht sicher, dass die Krankenpflege für sie der richtige Beruf war. Also meldete sie sich von der Ausbildung ab, suchte sich wieder eine Teilzeitstelle in einem Lebensmittelgeschäft und kehrte zu ihrem Leben vor dem „Projekt Umschulung" zurück.

„Was stört dich das denn so", fragte er sie. „Das betrifft dich doch überhaupt nicht. Ich verstehe nicht, warum du dich über andere so aufregen musst."

Sie sah ihn ungläubig an. „Ja, aber verstehst du das denn nicht?," entgegnete sie mit schriller Stimme, „stell dir doch mal vor, was passieren würde, wenn alle so inkonsequent handeln würden. Da gäbe es ja nur noch Chaos und Pleiten. Weißt du, was so eine Ausbildung den Staat kostet? Das sind geförderte Kurse und Seminare, die solche Menschen machen dürfen. Da kann man doch nicht einfach sagen, danke, das ist doch nichts für mich, und wieder aufhören!"

Sie redete sich richtig in Rage. Herbert schüttelte verwundert den Kopf.

„Ja, aber, wenn sie eben erst nach einem Semester bemerkt, dass diese Ausbildung einfach nicht die richtige für sie ist. Da kann sie doch auch nicht einfach weitermachen und so tun, als ob nichts wäre. Möchtest du, wenn du krank bist, von jemandem betreut werden, der die Arbeit nur macht, weil er die Ausbildung nicht abbrechen durfte? Also mir wäre da schon lieber, da ist jemand mit dem Herz dabei. Ich verstehe schon, was du sagen willst. Aber ein einzelner Abbruch wird doch so eine Ausbildung auch nicht völlig über den Haufen werfen."

Sie holte Luft, um etwas zu erwidern. „Lass gut sein, Schatz", sagte er und legte ihr die Hand auf den Oberarm, „lass es doch einfach gut sein. Wir sind da halt nicht einer Meinung und das wissen wir beide."

Sie atmete wieder aus, wenn er wüsste, wenn er nur wüsste, wie sehr sie diese Menschen verachtete, die sich herausnahmen, was sie sich selbst nie zugestehen würde! Warum konnten die das so einfach? Wieso schämten die sich nicht zu Tode, wo sie doch ganz offensichtlich versagt hatten? Wie konnten die nur einfach so weiterleben, weiter existieren und im Fall dieser Nachbarin sogar noch glücklich und noch immer von ihrer Familie geliebt und unterstützt? Was wäre denn, wenn sie einmal nicht funktionieren würde?

Was dann wäre, beziehungsweise ist, hat sie ja nun erfahren. Es ist nichts. Nichts ist passiert. Peter hat sich selbst beschäftigt (wobei sie sicher war, dass der Großteil der verschwundenen Schokolade auf sein Konto ging und nicht, wie er behauptete, auf Herberts), hat sogar an Clara gedacht und sie in den Garten UND wieder ins Haus reingelassen, Herbert hat ihren Nachmittagsspaziergang übernommen und ihr beim Abendessen geholfen. Am Abend, beim Schlafengehen, hat er sie noch in den Arm genommen und ihr gesagt, sie solle doch öfter mal ausspannen. Mal einen Nachmittag in die Therme fahren, sich mit einer Freundin treffen oder vielleicht Shoppen gehen?

„Wieso das denn", hat sie völlig verunsichert gefragt, „willst du mich aus dem Haus haben?"

„Aber nein, ich habe einfach das Gefühl, es würde dir mal guttun, rauszukommen. Du reibst dich doch richtiggehend auf, hier im Haus. Du machst, putzt, organisierst, schmeißt immer alles. Das muss doch sogar dir, als Profi, irgendwann mal viel werden und vielleicht tut dir ein bisschen Abwechslung einfach mal gut."

Sie schaut ihn ganz verwundert an – ihr erster Impuls, ihm sofort zu widersprechen, ist plötzlich ganz klein und schwach geworden.

„Na gut", sagt sie, „ich denke darüber nach. Mal sehen, wie wir das regeln könnten. Es muss ja nicht regelmäßig sein, vielleicht gelegentlich mal ein freier Nachmittag, das klingt ganz gut." Sie dreht sich um und gibt vor zu schlafen.

Herbert lächelt nachdenklich, er hat mit Widerstand gerechnet. Dass ihm Ingrid so einfach recht und damit für eine gewisse Zeit das Ruder aus der Hand gibt, bestärkt ihn in der Auffassung, dass es ihr gar nicht gutgeht.

Am nächsten Tag läuft die Routine wieder wie gewohnt ab, Spaziergang mit Clara, ab ins Büro, Ingrid kümmert sich um Peter, bringt ihn in die Schule und geht arbeiten. Allerdings nicht auf dem direkten Weg, wie sonst immer. Sie legt einfach eine kleine Schleife durch die Stadt ein, spaziert in gemächlichem Tempo durch die Straßen und über die Plätze.

„Hallo", ruft eine Stimme hinter ihr, „wo hast du denn deinen Hund gelassen? Bist du schon wieder ohne sie unterwegs? Das geht ja gar nicht!"

Überrascht dreht sie sich um, da kommt die junge Frau mit dem Pudel angelaufen, in einem Aufzug, der – höflich ausgedrückt – bunt ist! Sogar ihr Hund hat pinke Stellen aufgesprüht. Die Frau trägt neonpinke Strumpfhosen zu einem lila-grün geringelten Minirock (oder ist das ein langer Pullover?) und eine grüne Strickjacke unter einer offenen, alten, abgeschabten braunen Lederjacke. Ihr Gesicht zeigt deutlich, dass sie noch nicht allzu lange wach sein kann!

„Hallo, wir haben uns letzte Woche, oder wann war das, am Nachmittag doch schon mal da drüben gesehen", und sie deutet mit dem Finger – der Nagel war ehemals pink lackiert gewesen, die Farbe allerdings schon beinahe ganz abgeblättert – auf die Bank, auf der Ingrid gesessen war.

„Ich bin übrigens Natalie, ich weiß auch gar nicht mehr, wie du heißt."

„Ingrid", sagt Ingrid automatisch, „hallo, ich muss aber gleich weiter, ich muss ins Büro."

„Arbeitest du hier in der Nähe?", fragt Natalie.

„Nein, ich, ich meine, mein Sohn, ich hab ihn in die Schule gebracht."

„Echt, du hast schon so ein großes Kind, ich hätte dich für jünger geschätzt", kommt es prompt aus Natalies Mund. „Sorry, ich bin manchmal zu direkt, na ja, lass dich nicht aufhalten, ich hab mich einfach gefreut, dich wiederzusehen."

Sie lacht und geht weiter. Ingrid sieht ihr ganz verdattert nach. Wieso gefreut, sie kennen sich doch eigentlich gar nicht. Und wieso jünger? Neben dieser Frau sieht sie doch aus wie eine Oma, mit ihren vernünftigen Bürokleidern wirkte sie doch gerade mal 10 Jahre älter. Aber gerade deshalb war das doch ein nettes

Kompliment! Sie steht immer noch am gleichen Fleck, als ihr auffällt, dass sie ja eigentlich schon im Büro sitzen müsste. Was ist denn nur los mit ihr? Schlendert durch die Gegend, quatscht mit einer Zufallsbekanntschaft, die aussieht wie eine Punk-Göre, die die Nacht durchgefeiert hat, und schwänzt die Arbeit?

Entschlossen dreht sie sich um und geht nun zielstrebig in Richtung Büro. Dort angekommen, blickt sie prüfend auf ihre Armbanduhr. Verflixt, schon 10 nach 9. Normalerweise war sie immer um halb 9 an ihrem Schreibtisch und schaute streng, wenn eine ihrer Kolleginnen mal nach der halben Gleitstunde zwischen halb neun und neun Uhr eintrudelte. Nicht, dass das ihre Aufgabe gewesen wäre, sie fand es nur gut für die Arbeitsmoral, wenn alle wussten, dass sie sehr wohl auf diese Dinge achtete. Heute allerdings huscht sie die Stiegen zu ihrem Büro hinauf, geht leise, zu ihrem Schreibtisch und haucht nur ein „Guten Morgen, ich bin heute spät" in den Raum, zieht ihren leichten Mantel aus, hängt ihn an die Garderobenleiste an der Wand, setzt sich und schaltet den Computer ein.

Vier erstaunte Gesichter blicken in ihre Richtung, aber sie tut, als bemerke sie sie nicht, und beginnt zu arbeiten.

Den ganzen Vormittag versucht sie sich nur auf die Arbeit zu konzentrieren. Es gelingt ihr nicht – schön langsam wird sie wirklich panisch. Was zum Henker ist denn los mit ihr? Wie automatisiert spult sie ihr Arbeitsprogramm ab, aber ihre Gedanken sind auf dem Stadtplatz von heute Morgen. Mit welcher Selbstverständlichkeit die junge Natalie mit ihr gesprochen hat, als ob sie Freundinnen seien! Wieso beschäftigt sie das denn so? Sie selbst war ja auch nicht auf den Mund gefallen. Nicht introvertiert oder gar schüchtern. Aber diese junge Frau hat etwas an sich, was sie verunsichert. Was könnte das sein? Und warum denkt sie nun ständig über eine flüchtige Begegnung nach, die vielleicht ein oder zwei Minuten gedauert hat? Wieso ist sie überhaupt über den Stadtplatz spaziert, anstatt in zügigem Schritt, wie sonst auch, ins Büro zu eilen, als Erste die Räume zu betreten, zu lüften, den Computer hochzufahren und 10 Minuten später mit einem frisch zubereiteten Kaffee an ihrem Schreibtisch ihre Arbeit zu beginnen, nicht ohne das Ankommen ihrer Kolleginnen nebenbei zu registrieren.

Warum war sie denn so gar nicht mehr sie selbst? Sie stockt, hört auf, das Antwortmail zu tippen, weil ihr die Antwort plötzlich ganz klar in den Sinn kommt: weil sie keine Lust mehr hat! Sie hat keine Lust mehr, die ewig perfekt funktionierende Ehefrau, Mitarbeiterin, Mutter zu sein, und fertig. Es interessiert sie nicht mehr, die jüngeren Kolleginnen zu kontrollieren und bei Bedarf zurechtzuweisen, die Familie zu organisieren, damit alles klappt wie am Schnürchen, und sich selbst dabei keinerlei Freiraum zu gönnen. Sie will das alles nicht mehr!

Als diese Antwort so klar und eindeutig in ihr entsteht, erschrickt sie. Sie rückt den Stuhl ein wenig zurück, hebt ihren Blick, der bis jetzt noch immer starr auf den Bildschirm gerichtet war, und sieht sich um. Auch hier, an ihrer Arbeitsstelle, wo sie sich doch immer so wichtig gefühlt hat, um den Laden am Laufen zu halten, auch hier läuft alles einfach seinen gewohnten Gang, egal, ob sie da ist oder nicht. Was macht es schon aus, wenn Agnes jeden Tag zehn Minuten später kommt.

Ihre Arbeit liegt auf ihrem Schreibtisch und muss erledigt werden. Scheinbar stört es auch niemanden außer sie selbst, dass Daniela ständig privat telefoniert und im Internet surft. Sie hat die Monatsstatistiken, die Berichte und die Updates der firmeneigenen Homepage trotzdem immer termingerecht abgeliefert.

Wozu hat sie sich denn jahrelang diese Aufpasserrolle überstülpen müssen? Wozu ist das denn gut gewesen? Sie steht auf und geht auf die Toilette. Dort wäscht sie sich die Hände mit eiskaltem Wasser, bis sie sie kaum mehr spürt, und sieht sich dabei im Spiegel an. Ihre kurzen, blondgefärbten Locken fallen ihr schon wieder bis fast in die Augen. Ihr schmales Gesicht, mit den großen, immer etwas naiv wirkenden Augen, sieht so aus wie immer. Nur ihr Mund wirkt heute entspannter. Oft zieht sie ihn zu einem Strich, nicht bewusst, sondern rein aus Anspannung, aus Anstrengung.

Sie sieht aus wie eine durchaus entspannte junge Frau. Na ja, die Fältchen um die Augen sind nicht mehr zu übersehen, auch nicht, wenn sie noch so viel Geld in teure Kosmetika investiert und das ausgleichendste Make-up benutzte, das sie in der teuren Parfümerie am Stadtplatz kauft. Aber im Großen und Ganzen war sie doch okay.

Woher kommen dann bitte all diese Gedanken, die sie in letzter Zeit quälen? Was sollen die Unlustgefühle?

Karin kommt herein. „Ist alles okay bei dir?", fragt sie Ingrid leise. Sie spricht immer leise, nie mit fester Stimme, immer so, als würde sie gerade ein Kind zum Einschlafen bringen und nicht wollen, dass es noch einmal aufwacht.

„Du bist so komisch heute, kommt mir vor. Ich wollte nur sehen, ob es dir gut geht", sagt sie, sieht Ingrid dabei aber nicht an, sondern bei ihr vorbei auf einen unbestimmten Punkt an der gefliesten Wand.

„Schon okay", antwortet Ingrid locker, „ich hatte heute Morgen ein wenig Kreislaufprobleme, daher war ich auch spät dran. Kaltes Wasser hilft da ganz gut. Geh nur wieder rein, ich komme gleich."

Als Karin die Tür hinter sich zufallen lässt, seufzt sie leise, richtet sich auf und geht wieder an ihren Schreibtisch. Sie bringt ihre Arbeit zu Ende, allerdings ohne Elan, und ertappt sich einige Male, wie sie sehnsüchtig auf die Uhrenanzeige im rechten unteren Eck ihres Bildschirm linst, ob denn ihre Arbeitszeit bald vorbei sei. Auf ihre Mittagspause verzichtet sie, als ihr einfällt, dass sie heute Morgen keine Jause eingepackt hat. „Ein Fasttag", sagt sie lächelnd zu den anderen, kocht sich einen Tee und fährt fort, mit ihren Papieren zu rascheln und darin zu blättern.

Irgendwie wird es aber doch 14 Uhr, sie verlässt beinahe fluchtartig das Büro und murmelt beinahe den obligatorischen Abschiedsgruß: „Macht's gut, macht weiter, bis morgen!"

Draußen auf der Straße bleibt sie kurz stehen und keucht. Was das für eine Anstrengung gewesen war! So zu tun, als arbeite sie konzentriert, und ständig aufpassen müssen, dass ihr Blick nicht zum Fenster und ihre Gedanken zu der Begegnung heute Morgen oder dem seltsamen Verhalten von gestern Nachmittag wandern. Sie schüttelt den Kopf, geht dann aber los, um Peter von der Schule abzuholen.

Sie kommt zu spät – schon wieder! Er steht schon vor dem Schulgebäude und wartet ungeduldig.

„Wo bist du denn, Mama!", ruft er ihr entgegen. „Ich hab geglaubt, du kommst nicht mehr."

Ingrid stutzt. Warum hat sie heute so viel länger gebraucht als sonst? Sie ist doch zur gleichen Zeit losgegangen, wie jeden Tag, und trotzdem verrät ihr Blick auf die Uhr, dass sie gut 10 Minuten später hier ist.

„Tut mir leid, mein Schatz, da war noch so ein wichtiges Telefonat im Büro, das ich einfach nicht abwürgen konnte." Peter blickt seine Mutter zweifelnd an. Dass sie lügt, ist klar, er weiß nur nicht, warum. Wenn sie wirklich mal aufgehalten wurde, kam sie im Laufschritt und mit wehendem Mantel hier angetrabt, nicht schlendernd, wie heute. Er kann es nicht in Worte fassen, aber ihm ist das Verhalten seiner Mutter nicht ganz geheuer. Es ist nicht unangenehm. Heute war nicht er es, auf den gewartet werden musste, weil er „bummelte" oder „trödelte", was sie ihm so oft vorgeworfen hatte. „Ich hab keine Zeit, hör auf zu trödeln." Oder: „Hör bitte auf, meine Zeit zu verbummeln, ich hab sie nicht gestohlen!" Dieser Satz gab ihm früher ständig zu denken. Warum wollte sie Zeit stehlen? Was hatte das mit ihm zu tun? Er begriff sehr früh, dass dieser Satz ausdrücken sollte, dass sie in Eile war und er sich auch zu beeilen hatte. Aber warum das so war, hatte er nicht herausfinden können. Da war es ihm doch lieber, selbst einmal ein paar Augenblicke zu warten.

Er ist sich nur nicht ganz sicher gewesen, ob sie noch kommen würde, so wenig ist er es gewohnt, dass seine Mutter einmal zu spät kam. Aber ansonsten hat er die Wartezeit genossen. Er stand vor der Schule, seine Schultasche lag neben ihm am Gehsteig, er sah sich um, sah den Leuten auf der Straße nach, beobachtete ein paar Vögel, die im Baum, der am Schulhof stand, um irgendetwas stritten und dabei wildes Gekreische von sich gaben. Sonst zwitscherten sie so friedlich vor sich hin, kaum ging es um etwas Futter, wurde gekreischt und geschimpft. Das fand er interessant. Dann kam auf der Straße noch ein großer Sattelschlepper angefahren, mit einem Anhänger, auf dem lange Metallstreben befestigt waren. Peter war ganz hingerissen. Er sah zu, wie der Mann, der den Lastenzug lenkte, vorsichtig um die enge Kurve fuhr. Den linken Ellbogen aus dem geöffneten Fenster gestreckt, immer wieder in die Rückspiegel blickend, vorsichtig, aber nicht zögernd! Er war höchst konzentriert und Peter saugte sich an diesem Bild fest, dass er beinahe selbst das Gefühl hatte, im Fahrerhaus des Sattelschleppers zu sitzen und das Brummen und Vibrieren des starken Motors unter sich zu spüren.

Die Zeit ist ihm also nicht lange geworden. Kaum ist seine Mutter da, ist es vorbei mit der Träumerei, sie hilft ihm, seine Schultasche umzuschnallen, und gemeinsam gehen sie nach Hause. Ganz so wie immer scheint es aber heute wirklich nicht zu sein. Immer wieder verlangsamt sie ihren Schritt, bleibt beinahe stehen, um jemanden nachzublicken, sie vergisst fast stehen zu bleiben, bevor sie die Hauptstraße überqueren, und spricht ganz unzusammenhängend vor sich hin.

„Mami", fragt Peter, „was hast du da gesagt?"

Sie sieht ihn ganz erstaunt an: „Ach, habe ich was gesagt, nein, das war nichts, ich war nur in Gedanken und hab so vor mich hingeredet. Wolltest du was sagen?"

„Nein", sagt Peter, „nichts."

Sie sieht ihn lächelnd an, noch immer mit diesem ungewohnt verträumten Blick, nickt und geht dann einfach weiter.

Zu Hause angekommen, scheint alles wieder beim Alten zu sein.

„Hast du noch Hausaufgaben zu machen?", fragt sie.

„Ja, Lesen und Rechnen", antwortet Peter wahrheitsgemäß, „aber nicht viel. Ich mach das gleich."

„Ja, ist gut, wenn du magst, gehen wir nachher gemeinsam mit Clara eine Runde in den Wald spazieren. Das Wetter ist heute noch so warm und du spielst doch so gerne am Schwarzbach."

Wieder sieht Peter sie verwundert an, „wenn du magst" hat sie noch nie gesagt, sonst hieß es immer: „Du machst deine Hausaufgaben und anschließend gehen wir mit Clara, sie braucht ihren Auslauf." Das wurde so von ihr bestimmt, aber dass sie ihn fragte? Er überlegt, was passieren würde, wenn er nun sagte, dass er lieber zu Hause bleiben würde. In seinem Zimmer zum Malen. So wie gestern. Das hat ihm Spaß gemacht und er ist richtig stolz auf seine Bilder. Auch Papa hat sie noch sehr gelobt. Aber andererseits, es stimmt, er spielt wirklich gerne am Schwarzbach. Dort kann er Steinbrücken bauen, einen Damm aus dem alten Gehölz errichten oder einfach nur im seichten Wasser rumstochern, Steine aus dem Bachbett holen und den Schlamm aufwirbeln.

Sonst sagte seine Mutter immer, dass sie nicht so viel Zeit hätte, um lange dort zu bleiben. Heute ist keine Rede von irgendeiner Eile.

Er geht in sein Zimmer und sucht sich die Aufgaben heraus. Lesen mag er nicht so gerne, rechnen schon. Daher fängt er gleich an, die Aufgaben, die er in der Schule in sein Heft geschrieben hat, zu lösen. Die sind einfach. Er legt das Heft auf die Seite und zieht das Lesebuch aus der Schultasche. Die eine Seite ist gelb markiert, auf der die Aufgabe ist. Aber er ist sich nicht ganz sicher, ob das stimmt, was er liest. Er probiert laut, wie es sich anhört, aber auch daraus wird er nicht schlau.

Soll er seine Mutter rufen und sie um Hilfe fragen?

Er weiß schon, was sie sagen wird: „Das habt ihr doch in der Stunde sicher schon mal gelesen, hast du nicht aufgepasst?"

Nein, das hat er nicht, es war die letzte Stunde vor Mittag gewesen und er konnte seine Gedanken einfach nicht mehr in der Klasse halten. Manchmal passiert es ihm einfach, dass sie ausbüxen. Seine Gedanken. Dann spazieren sie in der Schule herum, gehen mal aufs Klo, ein andermal in den Pausenhof, einmal waren sie sogar auf den Dachboden gestiegen und haben sich dort umgesehen. Er selbst war noch nie dort gewesen. Schüler durften dort nicht rauf, aber Herr Meilinger, der Schulwart, hatte den älteren Schülern während einer Mittagspause mal von den Räumen unter dem Dach erzählt, und das hat er sich gemerkt. In Gedanken klettert er dann immer die schmale Leiter zum Dachboden hinauf, krabbelt durch die Luke und verschließt sie sofort wieder von innen, damit niemand merkt, dass er dort oben ist. Er stellt sich einen großen, unübersichtlichen und staubigen Raum vor, mit vielen Kisten und Kartons, die sich in den Ecken und den Wänden entlang stapeln. Geheimnisvolle Dinge, unter Tüchern und Decken, von denen er nur die Umrisse sehen kann und bei dem einen oder anderen raten, um was es sich dabei handelt. Er würde zuerst eines der Dachfenster einen Spalt öffnen, um etwas frische Luft zu bekommen, denn auf dem Speicher ist sicher seit Wochen und Monaten niemand mehr gewesen.

Und die Fenster hat er wirklich eines Tages vom Schulhof aus entdeckt. Dann würde er anfangen, sich ein Eck vorzunehmen, die Kisten und Koffer, die er dort finden würde, von der dicken Staubschicht befreien und nachsehen, was sie in sich bargen. Spinnweben gäbe es keine auf diesem Dachboden, beschließt er, denn vor denen ekelt er sich. Er mag das Gefühl nicht, wenn sie sich in seinen Haaren verfangen oder gar, wenn er am Morgen in den Garten läuft, sich über sein Gesicht spannen. Nur der Gedanke, dass er mit dem Netz auch eine Spinne (besonders eine richtig große Kreuzspinne, von denen es so viele im Garten gab) mit abbekam, lässt ihn schaudern. Deshalb der spinnennetzfreie Dachboden. Denn das ist ganz alleine seiner, den muss er mit niemanden teilen. Dort kann er entdecken, was er will, kann spielen, so lange er Lust hat, und niemand kann ihn stören.

Außer natürlich Frau Schintel, seine Lehrerin, die ihn plötzlich laut ansprach: „Peter! Schläfst du mit offenen Augen, oder was ist los mit dir? Du sollst lesen." Die ganze Klasse lachte und noch völlig verwirrt von dem plötzlichen Ortswechsel schaffte er es kaum, die paar Sätze zu lesen, die ihm sein Banknachbar Tom netterweise mit dem Finger zeigte.

„Das muss aber wirklich jetzt mal besser werden", sagte Frau Schintel, „hört auf zu lachen, ihr anderen. Es ist nicht komisch, wenn sich jemand so bemühen muss." Die anderen verstummten, aber Peter wusste schon, dass diese Bemerkung seine Schulkameraden nur noch mehr angestachelt hatte.

Aber nun sitzt er da in seinem Zimmer und probiert die Wörter und Buchstaben aus. Sie klingen alle nicht so, wie sie es sollen, findet er. Er spricht doch sonst auch ganz flüssig. Warum ist nur dieses Lesen so schwierig? Manchmal fand er, würden die Buchstaben sich ihm zum Hohn nicht ruhig halten, sondern ständig ihre Position verändern. Wie soll man sie denn einfangen, wenn man immer nur Zeit hat, sich um einen nach dem anderen zu kümmern? Wenn dieses S, von dem er ganz sicher ist, dass es das ist, plötzlich vor dem R steht, das er gerade liest. Eben ist es noch dahinter gewesen. Er seufzt laut. Er braucht doch die Hilfe seiner Mutter! Er seufzt noch einmal, vielleicht ist sie ja ganz in der Nähe, würde ihn hören und von selbst hereinkommen. Er mag es nicht, sie um Hilfe fragen zu müssen. Nicht beim Lesen. Aber sie kommt nicht. Stattdessen hört er sie plötzlich vom Garten her rufen:

„Peter! Peter, bist du fertig? Wir wollten doch spielen gehen!"

Etwas unsicher steht er auf und sieht zum Fenster hinaus. Da steht sie mit Clara, fertig angezogen, lacht und winkt ihm!

„Komm doch, sonst versäumen wir die schönsten Stunden des Tages!"

Er sieht auf sein Aufgabenheft, nur ganz kurz, dann läuft er los, schnappt sich die ersten Schuhe, die er findet – es sind seine Gummistiefel, die er am Wochenende getragen hat –, schlüpft in seinen Anorak und läuft nach draußen.

„Sperr das Haus ab und nimm den Schlüssel mit", ruft ihm seine Mutter entgegen. Wieder stockt er, das darf er sonst nie machen! Immer kontrolliert sie nach, ob er wirklich abgeschlossen hat, und steckt den Schlüssel selber ein. Irgendwie ist sie heute anders als sonst.

Er läuft zurück, nimmt den Schlüssel vom Haken, schließt die Tür ab und vergräbt ihn tief in der Tasche seines Anoraks. Dann läuft er ihnen nach, denn sie sind schon ein paar Schritte vorausgegangen.

Ingrid strahlt: „Alles klar, mein Großer? Was hast du denn noch in deinem Zimmer gemacht?"

„Meine Hausaufgaben", antwortet Peter wahrheitsgemäß.

„Ach herrjeh, das habe ich ja ganz vergessen", ruft sie

laut, „habe ich dich jetzt unterbrochen oder warst du schon fertig?"

„Nein, noch nicht ganz. Ich hab das Lesen noch nicht."

„Dann kannst du das ja nach dem Spazierengehen machen, was hältst du davon? Wenn du willst, setzte ich mich dann zu dir und du kannst fragen, wenn was nicht klar ist."

„Au ja, Mami", antwortet er erleichtert, genau das hat er ja zuerst schon gehofft, „das wäre toll."

Dann spazieren sie dahin, bis zu dem Bach, wo er mit Claras Unterstützung verschiedene Äste und Zweige zu einem Damm zusammenfügt. Sie zieht die Äste aus dem Laub, das schon am Boden herumliegen, und er baut daraus eine Mauer. Ingrid sitzt ein wenig oberhalb, im Halbschatten, auf einem Baumstumpf und blickt zerstreut auf das Bild, das sich ihr bietet. Ihre Gedanken wandern ein paar Schritte hierhin, dahin, kommen wieder zu ihr und ihrem Kind zurück, um sich wieder über die Baumwipfel davonzustehlen.

Sie denkt immer wieder zurück, wie sie da reglos in ihrem Bett gelegen war. Was war in dieser Zeit mit ihr passiert? Irgendetwas hat sich geändert. Das kann sie deutlich spüren. Nur benennen lässt es sich einfach nicht. Auch heute noch nimmt sie vieles wie durch einen Filter wahr. Nicht mehr so gestochen scharf wie sonst. Ihre Reaktionen kommen langsamer und anders. Gerade eben hat sie vergessen, dass sie Peter aufgetragen hat, seine Aufgaben zu machen. War das etwa Alzheimer? Gehört die Müdigkeit etwa auch zu diesem Krankheitsbild? Aber so, wie sie hier sitzt, fühlt sie sich ganz in Ordnung. Keine Schwere in den Gliedern, keine wirren Gedanken. Wenig Gedanken überhaupt. Sie mag gerade an nichts denken, stellt sie fest. Sie will hier einfach nur den Nachmittag genießen.

Sie blickt wieder zu Peter und Clara. Die beiden „arbeiten" wirklich beinahe Hand in Hand. Oder besser gesagt Maul in Hand. Clara zieht alles mögliche Geäst bis zu ihm und er baut daraus einen Damm. Das Einzige, was sie außer seinen hin und wieder gerufenen Äußerungen hört, ist das Rascheln des Laubes am Boden, ein paar Vogelstimmen und ein leises, sanftes Rauschen. Sie schließt die Augen und lehnt sich zurück. Den Kopf stützt ein glatter Baumstamm, die Füße in ihren derben Lederstiefeln hat sie gegen eine aufragende Wurzel gestützt. So sitzt sie sicher und kann sich entspannen.

Vielleicht ist sie ein paar Minuten eingenickt, plötzlich jedoch öffnet sie die Augen, richtet sich auf und lauscht. Erst denkt sie, sie hätte sich getäuscht, doch dann hört sie es wieder – eine Frauenstimme, die Befehle gibt. Boffo, hier! Boffo, hiiiiiiiierrrrr! Boooooooffooooo, komm sofort hierher! Ingrid ertappt sich, wie sie lächelt. Diese Rufe kennt sie selbst noch gut aus der Zeit, als Clara noch jung und ungestüm war. Ganz sicher ruft da jemand nach seinem Hund. Sie dreht sich ein wenig, um zu sehen, ob schon etwas von Hund oder Besitzerin zu sehen ist. Dann wieder die Stimme: „Braaaves Mädchen. So eine brave Boffo."

Sie blickt wieder zu Clara, die aufmerksam in die gleiche Richtung schaut. Sie hat wohl auch die Befehle gehört.

„Peter, pass auf, dass Clara bei dir bleibt", ruft sie ihm zu. Peter nickt nur selbstvergessen und baut weiter an seiner Staumauer. Clara sitzt neben ihm, aufmerksam abwartend. Plötzlich sieht Ingrid einen großen Pudel im gestreckten Galopp in den kleinen Wald sausen und im

gleichen Moment wieder den Ruf: „Boffo, hier!" Dieses
Mal schon etwas schärfer, was bei dem Hund allerdings
überhaupt keine Wirkung zeigt. Ingrid steht auf und geht
ein paar Schritte zu Clara, damit sie nicht auch losläuft
und die ganze Situation verschärft. Sie hält sie am
Halsband, als sie die junge Frau von heute Morgen sieht.

Wie heißt die gleich noch mal? Ach ja, Natalie. Die ist
ja oft mit ihrem Hund unterwegs – muss die nicht
arbeiten? Wobei, wenn sie ehrlich ist, es ist bereits nach
fünf Uhr Nachmittag und in der Früh hat sie sie noch
vor halb 9 am Stadtplatz getroffen. Natürlich konnte sie
in der Zwischenzeit acht Stunden gearbeitet haben. Oder
vielleicht hat sie ja auch Urlaub oder einen freien Tag.
Sei doch nicht immer gleich so voller Vorurteile,
schimpft sie mit sich selbst. Boffo taucht wieder auf,
sieht Clara und Peter und nimmt nun Kurs auf sie.

„Boffo, nein!", ruft Natalie und rennt ein paar
Schritte auf sie zu. Da erkennt sie Ingrid, stockt kurz,
strahlt dann aber über das ganze Gesicht und sagt: „Ne,
nicht wirklich oder? Wir laufen uns ja nur noch über den
Weg, das ist also dein Hund und dein Sohn – ist ja super,
dass ich euch drei hier treffe, Boffo ist einfach noch so
ungestüm, sie folgt schon, aber halt nicht immer. Und
viele Leute finden das ganz schlimm, dass ich sie
trotzdem laufen lasse und dann schimpfen sie immer,
weil sie sich vielleicht ein bisschen fürchten. Dabei
haben mir immer alle gesagt, kauf doch einen Pudel, vor
dem hat niemand Angst, das ist wie ein Ford Fiesta oder
so. Den kennt man und muss man nicht fürchten,
entschuldige, ich rede manchmal einfach zu viel!"

Ingrid steht da und lacht. Sie lächelt nicht einfach
nur, sondern lacht aus ganzer Seele. Während Natalie
ihren Wortschwall auf sie abgelassen hat, sprang Boffo

in großen Kreisen um Peter herum, der verzweifelt versuchte, seinen neugebauten Damm vor ihren wilden Sprüngen zu beschützen. Clara beginnt ebenfalls, ein paar Kreise um Boffo zu drehen, und alles ist in Bewegung.

„Ach, jetzt macht sie deinem Kind noch seine Bauten kaputt, Boffo, komm her, lass das!", ruft Natalie etwas strenger und wirklich, Boffo bewegt sich langsamer und etwas reumütig auf die beiden Frauen zu.

„Ach lass sie doch springen. Sie ist so ein freundlicher Hund, Peter baut morgen wieder einen neuen Damm und Clara freut sich auch über Hundegesellschaft!"

Überrascht sieht Natalie sie an. Damit hat sie nun nicht gerechnet, dass Ingrid so offen und freundlich reagieren würde. Bisher hat sie immer sehr streng und in sich gekehrt auf sie gewirkt. Beinahe so, als wolle sie nichts mit ihr zu tun haben. Sie freut sich.

„Na dann lauf und spiel mit den beiden", weist sie Boffo an, die auch diesen Befehl gut zu kennen scheint und sofort wieder in großen Sprüngen bei Clara und Peter ist.

„Gehst du oft hier spazieren?", fragt Ingrid sie. „Nein, normalerweise bin ich eher auf der anderen Seite der Stadt unterwegs, weil ich dort wohne und am Weg von der Arbeit, wenn ich Boffo abhole, dann gleich weiter spazieren kann. Aber heute hatte ich früher frei und da wollte ich mal eine neue große Runde mit ihr auszuprobieren. Und du?"

„Ja, wir kommen oft hierher. Peter ist oft auch mit seinen Freunden aus der Nachbarschaft hier heroben und sie spielen am Bach. Heute wollte ich mal wieder in den Wald und deswegen sind wir hierher gegangen. Wir können ja ein Stückchen gemeinsam gehen, wenn du magst, dann zeig ich dir ein paar schöne Wege, die du vielleicht noch nicht kennst."

„Danke, das ist echt nett von dir, aber gerade heute hab ich nicht unbegrenzt Zeit. Ich habe noch Leute eingeladen und müsste eigentlich schon wieder am Weg zurück sein. Aber Boffo ist mir einfach abgehauen, wie ich schon sagte, sie ist einfach noch sehr ungestüm."

„Ach, das wird schon", antwortet Ingrid lächelnd, „sie werden schneller ruhig, als man sich denkt." Und ein bisschen denkt sie dabei auch an sich. „Aber vielleicht ein andermal."

„Ja, das wäre nett", sagt Natalie.

„Okay, wir sehen uns", sagt auch Ingrid, allerdings ein wenig ratlos – wie denn, denkt sie sich, sagt aber nichts, sondern blickt nur versonnen auf Boffo und Clara.

„Warte – ich ruf dich schnell mal an, dann hast du meine Nummer und ich deine", sagt Natalie und zieht ein Smartphone aus ihrer Hose, von dem Ingrid kaum glauben kann, dass es da drinnen Platz hat, so groß ist es. „Sag mir doch einfach deine Nummer."

Ingrid sagt ihr die Zahlen an, Natalie tippt, ohne groß auf das Display zu schauen ein, und meint nur: „Okay, ich ruf grad bei dir an, aber wie's aussieht, klappt es nicht."

„Oh doch", antwortet Ingrid schnell, nachdem sie in ihre Taschen gegriffen hat. „Nur liegt das Telefon zu Hause. Das hab ich ganz vergessen einzustecken", und fügt in Gedanken dazu: wie ich heute schon so einiges andere vergessen habe ...

„Bis dann", ruft Natalie, schnappt sich Boffo und trabt mit ihr durch den Wald davon. Was die Frau für eine Energie hat, denkt Ingrid bewundernd. Bis gestern wäre ihr so ein Gedanke nie gekommen. Da hätte sie aber auch nicht so tatenlos hier im Wald rumgesessen und einer völlig Fremden – na ja, so gut wie völlig Fremden – angeboten, ein paar Wege zu zeigen und mit ihr spazieren zu gehen. Aber trotzdem war die Begegnung nett. Die gute Laune von Natalie war ansteckend und wenn man mal an ihre laute, direkte Art gewohnt war, auch gar nicht mehr so nervig.

Sie blickt wieder zu Peter und Clara. Die Hündin ist mittlerweile dazu übergegangen, Peters Aktivitäten nur noch aus einiger Entfernung zu beobachten, und Peter macht nur noch ein paar halbherzige Versuche, mit ein paar Reisigresten den Damm wieder aufzubauen.

„Peter, wie schaut's aus, gehen wir dann wieder zurück? Es ist schon nach fünf und wir sollten ja noch die Lese-Übung machen, bevor es Abendessen gibt."

„Okay", sagt Peter – ein deutliches Zeichen, dass ihm schön langsam langweilig geworden ist, sonst gibt er nie so schnell nach –, „komme schon."

So spazieren die drei gemütlich den Weg zurück und kommen nach gut 20 Minuten wieder nach Hause. Dort weist Ingrid Peter an, seine Jacke und Schuhe vor dem Haus auszuziehen und sich drinnen dann auch gleich eine trockene Hose zu nehmen.

„Dann bereitest du gleich das Leseheft vor, ich versorge noch schnell Clara und bin gleich bei dir."

Herbert scheint noch nicht da zu sein, das Haus ist leer. Ob er mal wieder durch die Stadt zieht und sich eine Pizza oder eine Bratwurst gönnt? Ingrid weiß natürlich von diesen Ausflügen, aber nachdem sie sehr selten vorkommen, sagt sie nichts dazu. Soll er doch seine kleinen Geheimnisse haben, im Prinzip kann sie sich glücklich schätzen, dass es nur gelegentliche

Essgelüste waren, die er vor ihr zu verbergen versucht. Nur: Bratwurst, Bosna und sogar Pizza haben einfach diesen unverwechselbaren Geruch. Nicht nur, wenn sie am Teller liegen, sondern auch, nachdem sie schon verspeist sind. Daran scheint Herbert einfach nie zu denken. Gelegentlich roch sie einen zarten Hauch von Pfefferminzbonbon dazwischen, aber der kann den Haupttäter nie wirklich überdecken. Außerdem hat er sie gestern mit seiner Reaktion wirklich überrascht. Sie ist zwar nicht auf einen Streit gefasst gewesen, aber doch auf Unverständnis seinerseits. Immerhin hat es das noch nie gegeben, dass sie einfach so ein paar Stunden (war es überhaupt so lange gewesen?) ausfiel. Vielleicht noch Desinteresse oder peinliches Berührtsein. Aber nicht, dass er ihr vorschlug, sie solle mehr auf sich achten.

Sie ertappt sich, dass sie lächelnd ein wenig Hundefutter in Claras Napf schüttet, und steigt die Treppe zu Peters Zimmer hinauf. Dort sitzt er – allerdings noch immer mit seiner nassen Hose vom Spaziergang – am Schreibtisch, den Kopf in die Hände gestützt, ein Bild der Verzweiflung. Er sieht sie an, als sie ins Zimmer tritt: „Sie bleiben einfach nicht auf ihrem Platz", sagte er, „wie soll ich sie denn dann erkennen?"

„Wen meinst du?", fragt Ingrid vorsichtig.

„Na die Buchstaben. Immer wenn ich sie lesen will, ändern sie ihren Platz. Sie bleiben nicht, wo sie sind, und darum kann ich sie nicht lesen." Seine Stimme zittert.

Ingrid geht zur Kommode, holt eine trockene Turnhose heraus und streckt sie ihm entgegen.

„Weißt du was, du ziehst dich erst mal um und ich versuche in der Zwischenzeit, die Buchstaben müde zu machen, indem ich sie ein paarmal lese. Vielleicht halten sie nachher still."

Erstaunt sieht er sie an. Dass er selbst nicht auf diese

Idee gekommen ist, ärgert ihn ein wenig. Aber wenn sie das Jagen und Müde-Machen übernahm, umso besser!

„Super, Mama, komme gleich wieder", ruft er glücklich und läuft ins Badezimmer. Keine Minute später kommt er wieder ins Zimmer zurück und sieht seine Mutter über sein Buch gebeugt sitzen.

Sie sagt: „Komm, setz dich zu mir. Ich glaube, ein bisschen müde sind sie jetzt schon. Wenn du mir hilfst, schaffen wir es, dass sie einschlafen und sich kein bisschen mehr rühren."

Peter klettert begeistert auf den Stuhl, nimmt das Heft in die Hand und beginnt langsam die Wörter und Sätze zu lesen. Es holpert noch immer. Er will von vorne beginnen, aber Ingrid sagt, er soll einfach weiterlesen und erst, wenn er die Seite fertig hat, wieder von vorne beginnen.

Das macht er dann auch und dadurch, dass er nicht verbessert oder unterbrochen wird, nimmt das Lesen langsam an Tempo und Flüssigkeit zu. Zwar sind auch beim zweiten Durchgang noch einige Fehler, aber bei ein paar bemerkt er selbst schon während des Lesens, wie es richtig heißen muss, und siehe da, beim dritten Mal kann er alles fehlerfrei und beinahe durchgehend lesen.

„Das hast du ja super gemacht", ruft Ingrid und gibt ihm einen Schmatz an die Schläfe! „Du hast es geschafft, sie sind so müde, dass sie keinen Rührer mehr tun!"

Peter strahlt. „Aber du hast mir geholfen, Mami, weil du hast sie ja zuerst gejagt."

„Hab ich gerne gemacht, mein Großer, wenn du wieder mal Hilfe brauchst, sag es mir einfach, gemeinsam kriegen wir diese flitzenden Buchstaben doch sicher klein! Weißt du was, das Jagen hat mich hungrig gemacht. Räumst du hier noch auf, ich gehe schon mal runter und mache Abendessen für uns und Papa."

Am letzten Abend des Kurses – der letzte Tag ist nur noch ein halber, der eine Abschlusseinheit mit einer Art Prüfungsgespräch in der Gruppe und die Verleihung der Zertifikate beinhaltet – will Eva nichts lieber als direkt nach dem Kurs zu Hubert zu gehen, den Abend und die Nacht mit ihm verbringen und mit ihm über ihre Zukunft reden.

Sie ist sich sicher, dass es eine Zukunft für sie beide gibt. Nein, sie ist nicht so blauäugig zu glauben, dass sie in einem oder zwei Monaten zusammenziehen würden und für den Rest ihres Lebens ein Paar wären. Aber irgendwie hofft sie doch, dass Hubert zumindest die Möglichkeit ansprechen würde, dass er sie wiedersehen will.

Schon am Nachmittag ist sie deshalb unkonzentriert und fahrig. Sie will diese unansehnlichen Handarbeitsstücke nicht fertig machen, sie will nicht mehr im Kursraum mit den anderen bleiben, sie will einfach raus hier. In der kurzen Nachmittagspause ergreift sie die Gelegenheit, entgegen aller inneren Zweifel, und huscht über die Gänge zu Huberts Werkstatt. Nachdem es draußen Bindfäden regnet, sind ihre Chancen, ihn dort anzutreffen, gar nicht schlecht. Sie hat nicht viel Zeit, da die Pause auf 10 Minuten gekürzt worden ist, nach einer Abstimmung, an der sie sich nicht beteiligt hat. War doch egal. Je kürzer die Pause, umso früher entkommt sie den Hyänen. So nennt sie insgeheim nach einer Woche ihre Kurskolleginnen. Wie die Hyänen führen sie sich nämlich auf. Kein freundliches Wort mehr in ihre Richtung, keine Essenseinladung für gemeinsame Mittagspausen. Wenn Gruppen gebildet werden müssen, bleibt sie übrig, bis die Kursleiterin sich erbarmt und sie entweder einer Gruppe zuteilt oder gar selbst mit ihr arbeitet. Was hat sie denn verbrochen? Sie nimmt doch niemandem etwas oder jemanden weg. Oder etwa doch? Sind die anderen denn auch hinter Hubert her gewesen und sie hat die Frechheit gehabt, ihn „abzukriegen"? Ist es das, was diese Feindseligkeit hervorgerufen hat? Ach egal, morgen sind die Damen Geschichte, Hubert allerdings nicht!

Sie hört schon vom Gang aus, dass er da sein muss. Leises Schaben, kräftiges Klopfen, alles auf metallenem Untergrund ist zu hören. Er arbeitet. Sie klopft kurz an und betritt die Werkstatt. Wenn sie sich hätte beschreiben müssen, hätte sie wohl gesagt: grinsend wie ein Honigkuchenpferd. Obwohl sie diese Wendung nie wirklich verstanden hat. Grinsen Honigkuchenpferde? Und wenn ja, warum? Aber egal, sie steht da, grinst und wartet, bis er den Metallrahmen, den er gerade bearbeitet, beiseite gelegt hat.

„Hubert", sagt sie mit leicht kieksender Stimme, „ich wollte dich nur fragen, ob du heute Abend Zeit für mich hast." Sie fährt mit etwas ruhigerer Stimme fort: „Weil morgen ist ja mein Abschlusstag und ich muss danach gleich mal los. Deswegen hoffe ich, dass du heute noch nicht anderweitig verplant bist." Das wollte sie eigentlich scherzhafter klingen lassen. So wie es rauskam, war es nur bettelnd.

Er steht da und schaut sie ruhig an. Wieso sagt er denn nichts? Hat er eine Metallschiene verschluckt? Hat er etwa Ohropax in den Ohren stecken? „Hubert?" Sie kommt nicht weiter. Er schüttelt den Kopf und sagt nur stumpf: „Nein, lass mal. Das bringt doch nix, morgen fährst du wieder, du musst doch sicher heute Abend auch noch deinen Koffer packen", dreht sich um und beginnt wieder Farbreste mit einer kleinen Drahtbürste zu bearbeiten.

Sie steht da wie ein begossener Pudel. „Aber wieso?

Ich dachte, wir könnten uns heute noch mal sehen und reden und ...?"

Er dreht sich nicht mal mehr um, als er sagt: „Reden? Haben wir nicht schon genug geredet?", und arbeitet einfach weiter.

Sie geht rückwärts aus der Werkstatt, wie erstarrt. Sie steht am Gang und blickt in beide Richtungen. Wohin? Sie kann nicht mehr zurück in den Seminarraum. Sie spürt, wie ihre Augen sich mit Tränen füllen, sie geht ein paar Schritte auf den Ausgang zu, vielleicht würde ihr die frische Luft guttun. Sie stößt die Eingangstür auf, so dass sie in der äußersten Position stecken bleibt, und geht auf den Hof, geht weiter, immer schneller, bis sie plötzlich läuft und läuft ...

Das Zurückkommen in den Kurs ist gar nicht so schlimm, wie sie gedacht hat. Es sind nur mehr 50 Minuten zu überstehen, sie setzt sich einfach an ihren Platz, nimmt das Werkstück in die Hand und versucht herauszufinden, was sie damit anfangen soll. Niemand sagt ein Wort.

Sie weiß selbst nicht, wie sie aussieht, kann es sich aber annähernd vorstellen. Immerhin ist sie über eine Stunde draußen gewesen, durch den Regen gerannt, hat geheult und geheult, war schließlich auf einem Mauervorsprung herumgesessen, wie eine Geisteskranke. Irgendwann war sie aufgestanden, hat begonnen, sich wieder zu spüren, spürte den Regen, den Wind, spürte, dass sie fror. In kleinen vorsichtigen Schritten begann sie den Weg zurück zum Institut. Er kam ihr länger vor als jede Strecke, die sie bisher in ihrem Leben gegangen war. Sie hatte keine Lust, sich die Haare abzutrocknen oder sich im Spiegel der Toiletten anzusehen, ob ihr Aussehen an Draculas Tochter erinnerte. Sie hatte einfach keine

Lust mehr.

So sitzt sie dann tropfend und frierend im Seminarraum und bemerkt zu Beginn noch nicht mal die entgeisterten Blicke der Hyänen. Nach dem Kurs rafft sie alles, was auf ihrem Platz gelegen hat, zusammen, steckt es in einen Plastiksack, den sie auf einem der Sessel findet, und geht schweigend in ihr Zimmer. Erst dort sieht sie sich selbst im Spiegel und weiß nun nicht mehr, ob sie wieder heulen soll oder lachen.

Sie sieht aus wie eine völlig durchgedrehte Mörderin! Die nassen Haare kleben am Kopf und im Gesicht. Die Wimperntusche ist auf beide Wangen und ein Ohr verteilt. Irgendwo muss sie sich gestoßen haben, eine blutige Wischspur läuft quer über die Stirn und die rechte Wange. Sie stützt sich auf das Waschbecken vor sich und schaut sich lange ins Gesicht. Schließlich öffnet sie den Wasserhahn, nimmt ein Handtuch von Haken und beginnt sich, das Gesicht abzuwischen. Dann zieht sie sich um, lässt die nassen Kleider im Badezimmer liegen und legt sich auf ihr Bett.

Sie wartet, ob Ilse, ihre Zimmerkollegin, hereinkommt. Aber im Prinzip ist es ihr egal. Was könnte heute noch passieren, was den Tag noch schlimmer machen würde. Dann fällt ihr ein, die anderen sind ja zu einer Abschiedsfeier in die Pizzeria gegangen, in der sie auch am ersten Abend waren. Der Abend, an dem sie Hubert das erste Mal angesprochen hat. Nein, Schluss jetzt, ruft sie sich zur Vernunft, als die Tränen gleich wieder beginnen, ihr übers Gesicht zu laufen und links und rechts von ihrem Kopf aufs Polster tropfen.

Sie steht auf und beginnt ihre Sachen zusammenzupacken. Eigentlich könnte ich auch gleich zum Bahnhof gehen und nach Hause fahren, überlegt sie bei sich. Auf das Zertifikat, das sie morgen erhalten würde, legt sie keinen besonderen Wert. Aber das würde dann wieder Konflikte beim AMS ergeben. Also bleibt sie.

Der letzte Tag ist für Eva wie in Watte gepackt und unwirklich. Sie ist körperlich da, aber geistig völlig abwesend. Der Rest der Truppe, der gestern aus war und dabei auch kräftig dem Alkohol zugesprochen hat, ist neben ihr fit wie Turnschuhe. Nach der Verleihung der Zertifikate geht sie ohne einen Blick zurückzuwerfen einfach mit ihrer Tasche in der Hand bei der Tür hinaus und bei den für den anschließenden Teil des gemütlichen Ausklingens vorbereiteten Stehtisch vorbei und fährt mit dem nächsten Bus zum Bahnhof. Dort muss sie zwar über eine Stunde auf den nächsten Zug warten, aber das ist ihr egal. Sie kauft sich am Kiosk zwei Leberkässemmeln und eine Topfenschnecke und setzt sich mit ihren Seelentröstern auf eine Bank am Bahnsteig.

Sie, die sich sonst genierte, in der Öffentlichkeit auch nur eine kleine Jause zu essen, sitzt da und mampft alles in sich hinein. Danach ist ihr mehr zum Heulen als davor, aber trotzdem regt sich auch so ein kleiner Widerspruchsgeist. Ein kleiner Teil, der trotzig ist. Der sich nicht mehr so benehmen will, wie sie es immer getan hat. wie es sich gehört. Wie sie glaubte, dass es sich für eine Frau ihres Alters gehört. Am liebsten hätte sie sich anschließend auf die Bank gelegt und ein kurzes Nickerchen gemacht, bis ihr Zug losfuhr, denn in der Nacht hatte sie nicht geschlafen. Kaum geschlafen. Sie hatte sich von einer Seite auf die andere gewälzt, erst mit lautem Stöhnen, dann, als Ilse von der Feier zurückgekommen war, leiser. Trotzdem hatte sie sie vom

Schlafen abgehalten, das war ihr ganz klar. Aber es war ihr auch so was von egal. Hier sitzt sie nun und betrachtet die Menschen, die kommen und gehen. Sie hat Bahnhöfe immer schon gemocht – es sind Orte, an denen Bewegung herrscht, ständige Veränderung und dadurch auch Lebendigkeit.

Plötzlich hat sie eine Idee: Sie würde sich in Neuhofen am Bahnhof bewerben. Völlig egal, ob bei der Trafik, die auf der gegenüberliegenden Straßenseite des Bahnhofes liegt, oder bei dem kleinen Café, das einer Bäckerei angeschlossen ist, direkt im Gebäude. Es war noch relativ neu, denn der Bahnhof in ihrem Heimatort war zuvor wie so viele andere Provinzbahnhöfe zu einem richtigen Geisterbahnhof mutiert, nachdem die ÖBB begonnen hatte, ihre Sparpläne auf dem Rücken der kleinen Angestellten und Kunden auszutragen. Damit hatten allerdings auch die ganzen Probleme in dessen Umkreis begonnen. Immer häufiger war er der Treffpunkt für gelangweilte (randalierende) Jugendliche geworden, die mit ihrem Mist und ihren Zigarettenkippen die Wartehalle, die nur noch zwischen 7 Uhr morgens und 20 Uhr geöffnet war, in eine Müllhalde verwandelten. Sie hatten die Müllkübel angezündet, die Toiletten verwüstet und überschwemmt und auch sonst allerlei Blödsinnigkeiten angestellt.

Die Beschwerden der Kunden haben daran nichts ändern können und so hatte die Bürgermeisterin beschlossen, die Sache selbst in die Hand zu nehmen. In und um das Bahnhofsgebäude waren in den letzten drei Jahren das Café, die Trafik und eine kleine Geschäftszeile entstanden. Das Café war direkt in die Bahnhofshalle integriert, mit einem Seitenausgang. Es hatte gleich lang geöffnet wie die Halle selbst und dadurch war der vormals ungestörte Jugendtreff zu einem oft und gerne frequentierten Ort geworden. Die Zerstörungen nahmen drastisch ab und nach dem, was man munkelte, hat die Bürgermeisterin (weil so auch die Kosten für die Instandhaltung und Reinigung für die ÖBB gesunken waren), besonders günstige Pachtverträge für die Räume ausgehandelt. Dadurch konnte das Café, trotz der mäßigen Besucherzahlen, die ersten beiden Jahre überleben.

Plötzlich saßen nicht nur ein paar müde Pensionisten bei ihrem Vormittagsbier drinnen, oder mal kurz ein Pendler, dessen Zug ausgefallen war und der auf den nächsten warten musste, sondern immer öfter trafen sich die Ortsansässigen dort, es gab sogar schon zwei regelmäßige Stammtische. Es waren jeweils zwischen vier und acht Personen und da die Sitzplätze sehr begrenzt waren, wirkte das Café durch diese Gruppen schon voll. Kam dann noch der eine oder andere Verlegenheitskauf von Semmeln oder einem Kuchenstück dazu, waren auch die Tageseinnahmen im grünen Bereich. Neben dem Bahnhofsgebäude hatten sich zu dieser Zeit eine Versicherung, ein Sicherheitsdienstleister und ein Nagelstudio eingerichtet. Waren die Prognosen für die beiden ersten von allen Dorfbewohnern recht positiv gewesen, glaubte keiner an das Überleben des kleinen Nagelstudios, das von einer sehr agilen, lauten 50-jährigen ehemaligen Friseurin geleitet wurde. Was natürlich keiner wissen konnte, war, dass dieses Studio schon fünf Jahre lang in der nicht weit entfernten Stadt Mormheim ein Geheimtipp gewesen war, weil es zu unschlagbar günstigen Preisen gute Qualität und, wie alle behaupteten, auch ansteckend gute Laune bot. Die Kundinnen scheuten auch die weitere

Anfahrt nach Neuhofen nicht, der kleine Laden war immer gut besucht und auch sie waren häufig und gerne gesehene Gäste im Bahnhofscafé.

So konnte man das Projekt „Revitalisierung des Bahnhofbereichs" durchaus als gelungen ansehen, was der Bürgermeisterin nicht nur Wählerstimmen, sondern auch ein gewisses Maß an Vorschussvertrauen einbrachte, wenn sie mal wieder ein nicht ganz alltägliches Projekt in der ländlichen Gemeinde umsetzen wollte.

Jedenfalls beschließt Eva, gleich nach ihrer Heimkehr – oder sollte sie zuerst noch ihre Tasche nach Hause tragen, sich umziehen und besser herrichten? Nein, sie ist überzeugt, dass, wenn sie genommen würde, es nicht von ihrer Frisur abhängig war – hinzugehen und um einen Termin mit der Chefin zu bitten, um sich zu bewerben. Wenn jemand Interesse an ihrer Mitarbeit hätte, könnte sie ihre Bewerbungsunterlagen – inklusive des neuen Zertifikats – ja immer noch nachliefern. Das war spontaner und daher mehr ihr Stil. Aber was, wenn sie sie nicht wollten?

Stopp – rief sie sich innerlich zur Ordnung –, wenn sie dich nicht nehmen, ist das nicht eine Ablehnung deiner Person, sondern sie brauchen entweder gerade niemanden oder du passt eben nicht ins Anforderungsprofil. So hat sie es aus den vielen Selbsthilferatgebern gelernt, die sie nach dem Tod ihres Mannes begonnen hatte zu lesen. Damals hatte sie nicht verstanden, wieso sie plötzlich in dieses große schwarze Loch gefallen war, in dem sie sich zu diesem Zeitpunkt sitzen sah. Ihre Ehe war bei Gott nicht das Gelbe vom Ei gewesen und anstatt sich dieser Tatsache nach und nach bewusst zu werden, sich zu schütteln und unbeschwerter weiterzumachen, saß sie Tag für Tag und Nacht für Nacht an ihrem Küchentisch, blickte ins Nichts und konnte sich nicht mehr aufraffen, aufzustehen, einkaufen zu gehen, sich um all die Formalitäten zu kümmern. Dr. Bauer, ihr Hausarzt, hatte ihr damals Tabletten verschrieben. Erst Beruhigungsmittel, weil er davon ausging, dass sie so außer sich war, dass sie nur dringend wieder mal Schlaf bräuchte, und nachdem diese so gar nicht den gewünschten Effekt brachten, Stimmungsaufheller. Von den ersten wurde sie zwar müde, aber nicht ruhiger, von den zweiten unruhig, aber nicht munterer. Erst als sich nach gut einem Monat ihr Zustand noch immer nicht verbessert hatte, beschloss er, ein ausführliches Gespräch mit ihr zu führen – das hatte er bis dahin vermieden, weil er doch eh schon so viele Witwen „behandelt" hatte, dass ihm das unsinnig erschienen wäre. Nach dem Gespräch war er ratlos und überwies sie zu einem Kollegen im nächsten Ort, von dem er zwar nicht viel hielt, der aber, das wusste er aus der Ärztezeitung, viel mit Naturheilmitteln arbeitete. Vielleicht hatte der ja das richtige Kraut für Evas Zustände. Ein Kraut hatte der zwar auch nicht, aber die Idee, sie zu einer Therapeutin im gleichen Gebäude zu schicken, um ihr dort die Möglichkeit zu geben, über ihre Gefühle zu sprechen. Dort war Eva dann dreimal gewesen, bis sie sich selbst ganz komisch dabei vorkam, vor dieser jungen Frau, die doch kaum viel an Lebenserfahrung mitbringen konnte, von ihrer langjährigen Ehe mit ihrem Mann zu berichten. Daher hatte sie ihr nach dem dritten Termin mitgeteilt, sie würde nun nicht mehr kommen, sie aber noch um Büchertipps gebeten, mit denen sie sich weiterhin gerne beschäftigen würde. Die Bücher standen noch immer im

Wohnzimmer und gelegentlich fiel Eva eben auch immer wieder mal so eine Weisheit/Überlegung/Sichtweise aus ihnen ein.

Besonders, als sie kurz vor ihrem Seminar in der Stadt Dr. Bauer im Ort über den Weg lief und er die Bemerkung fallen ließ: „Na, Sie haben wir ja toll auf die Beine gebracht, gell, Frau Summen?"

Da konnte sie den Impuls gerade noch unterdrücken, ihm alle ihre liegengebliebenen Pillen, die er ihr verschrieben hatte, in den Mund zu stopfen und zuzusehen, wie er daran erstickte. Sie sagte sich innerlich: Auch er erfüllt seinen Zweck auf dieser Welt, auch wenn bis jetzt noch keiner weiß, was das sein könnte, lächelte ihm sogar zu und ging weiter.

Als sie dann endlich im Zug sitzt, ist sie allerdings schon nicht mehr so siegessicher. Sie versucht sich zu erinnern, ob sie jemals gesehen hat, wer im Café oder der Trafik arbeitet. Zu wievielt waren die? Würden die überhaupt noch jemanden brauchen? Die Trafik ist nur zu den normalen Geschäftszeiten geöffnet, das Café sieben Tage die Woche sicherlich 13 Stunden lang. Dort muss es mehr Personal geben. Ihr fällt nicht mal ein, wer dort gearbeitet hat, wie sie einmal – zum Testen – ein paar kleine Gebäckstücke gekauft hatte. Jedenfalls war die Verkäuferin damals ebenfalls zum Servieren gegangen. Ob das noch immer so war? Hör auf, dir den Kopf zu zerbrechen – das wirst du schon alles erfahren, wenn du fragst. Aber: da bleibt noch die Frage, was tun, wenn es nur fünf oder zehn Stunden eine Arbeit gibt? Was tun, wenn sie davon erst wieder nicht leben könnte? Musste sie die Arbeit trotzdem annehmen? Vielleicht sollte sie, bevor sie sich bewarb, doch noch einmal mit ihrem AMS-Berater sprechen? Aber wozu, wenn sie dann eh nicht genommen wird? Also doch zuerst direkt vor Ort fragen. HÖR JETZT AUF!, schreit sie sich innerlich an. Du wirst immer Gegenargumente finden, warum du nicht fragen sollst, ob sie eine Arbeit für dich haben. Sei jetzt einfach still, genieß die Fahrt, wenn du aussteigst, tust du, was du dir vorgenommen hast. Alles andere entscheidet sich erst danach. Immer nur den nächsten Schritt planen, kleine Brötchen backen. Na also, meldet sich jetzt eine andere, sehr viel freundlichere Stimme in ihr, wenn du schon ans Brötchen backen denkst, bist du ja geschaffen für den Job!

Sie lächelt, blickt auf die Landschaft vor den Fenstern und genau in diesem Augenblick wird ihr bewusst, dass sie die ganze Wartezeit über keinen Gedanken an diesen Schuft von Hubert verschwendet hat! Das gibt ihr kurz zu denken, bringt sie aber auch sehr zum Grübeln. Warum hat sie denn so überreagiert? Was hat sie denn in diese paar Treffen hineininterpretiert? Sonst war sie doch auch immer so überlegt, so realistisch, so abgeklärt. Egal, was auch immer es gewesen war, sie kann sich noch wunderbar ablenken. Das hat sie sich eben bewiesen.

Der Zug ruckelt gemütlich vor sich hin und schläfert sie geradezu ein. Nach einer knappen Stunde hört sie die Durchsage: nächster Halt – next Stop: Neuhofen. Sie greift nach ihrem Mantel, zieht ihn an, holt ihre Reisetasche aus der Gepäckablage, hängt sich ihre Tasche um und geht zum Ausstieg. Dort betrachtet sie die ihr so gut bekannte Landschaft, die immer langsamer an ihr vorbeizieht, bis der Zug schließlich steht. Sie steigt aus, bleibt einen kurzen Moment stehen, blickt zum Himmel (warum, weiß sie selbst nicht) und holt tief Luft. Dann geht sie los, spaziert in das Café, in dem es gerade hoch hergeht. Eine Gruppe Touristen sitzt darin, die Verkäuferin hat alle Hände voll zu tun, ihnen mit Händen und Füßen und ein paar Brocken Italienisch zu erklären, was in welcher Mehlspeise drinnen ist. Schließlich lachen alle nur noch und bestellen: „Prendiamo un pezzo di ogni", ein Stück von jedem. Die Verkäuferin nickt begeistert und macht sich daran, die Bestellung für die neun Personen – drei Paare, zwei Kinder und ein älterer Mann – herzurichten.

Ach, da geht jetzt sowieso nichts, denkt sich Eva und will schon umdrehen, als sie sich wieder innerlich am Schopf packt und stehen bleibt. Dann trinke ich eben auch einen Kaffee und esse ein Frühstück und wenn die Meute weg ist, kann ich die junge Kollegin (sie denkt wirklich schon Kollegin!) fragen, wann ich die Chefin mal antreffe.

Sie quetscht sich bei der Gruppe vorbei, die den ganzen Platz vor der Kuchentheke einnimmt, setzt sich an einen kleinen Zweier-Randtisch, bei dem nur noch ein Sessel steht, weil die Gruppe alle anderen mit Mänteln, Taschen usw. belegt hat. Sie stellt ihre Tasche unter den Tisch, hängt ihren Mantel über den zweiten Zweier-Tisch direkt hinter ihr und lehnt sich zurück. Die Verkäuferin deutet ihr mit einem Blick an, dass sie sie wohl gesehen hat, aber gerade beschäftigt ist. Eva lächelt und winkt ab: nur keine Hektik, ich habe Zeit.

Sie wartet, bis sie ihre Bestellung, ein Tee mit Milch, eine Buttersemmel und Honig, aufgeben kann und lauscht der Gruppe, die wild gestikulierend nun sämtliche Mehlspeisen jeweils nach ein paar Bissen an den nächsten weitergibt. Es wird gelacht und im Spaß gedroht, wenn einer den Teller mit dem Stück, das ihm besonders gut schmeckt, zum Schein nicht mehr weitergeben, sondern für sich behalten will.

Als die Verkäuferin ihr das Getränk an den Tisch bringt, fragt Eva sie, ob denn die Chefin irgendwann mal zu sprechen sei, sie würde sich gerne vorstellen. Die Verkäuferin blickt sie plötzlich mit starrem Blick an.

„Wieso? Hat sie denn eine Stelle ausgeschrieben?", fragt sie in schroffem Ton.

„Nein, nein", bemüht sich Eva abzuwiegeln, „ich bin auf Arbeitssuche und hatte einfach die Idee, hier anzufragen, ob zufällig etwas frei ist."

„Nicht das ich wüsste", bemüht sich jetzt die Verkäuferin neutral zu antworten, „aber so schnell, wie hier das Personal wechselt, kann es nicht mehr lange dauern."

Ach herrjeh, denkt Eva bei sich, da hab ich ja in ein Wespennest gestochen. Und das bei jemandem, mit der ich vielleicht mal zusammenarbeiten muss! Innerlich schüttelt sie den Kopf über sich selbst. Dass sie aber auch so ungeschickt bei solchen Sachen ist. Betrübt sieht sie auf ihre Semmel und das kleine Tellerchen mit Butter und Honig daneben. Sogar die Verkäuferin scheint den Stimmungsumschwung zu bemerken.

„Also, ich wollte Ihnen ja nicht die Laune verderben, aber hier sind schon ein paar Sachen passiert, die nicht ganz fair waren. Ich dachte schon, ICH wäre jetzt auf der Abschussliste. Die Betroffenen erfahren es ja in der Regel als Letzte."

Sie blickt sich zu der Touristengruppe um. „Bleiben Sie noch ein bisschen, ich kassier noch den Tisch da drüben ab, dann können wir uns unterhalten." Sie geht mit einem Lächeln auf die Italiener zu, fragt sie, ob sie denn noch Wünsche hätten, vielleicht noch ein paar von den besonders guten Stücken zum Mitnehmen? Begeistert stimmen einige zu, und sie steht gleich hinter der Verkaufstheke und zeigt fragend auf die verschiedenen Stücke. Und wirklich, sie verkauft noch fünf Stück zusätzlich, setzt alles auf eine Rechnung und überreicht das Kuchenpaket mit einem breiten Lächeln einem der Touristen. Während diese das Café verlassen, beginnt sie die Tische abzuräumen und die Tische und Stühle wieder an ihren ursprünglichen Platz zurückzustellen.

Beeindruckt beobachtet Eva sie. Sie hat lange genug im Dorfwirtshaus geholfen, um zu erkennen, dass ihre Arbeit mit so wenig Hin- und Herlaufen von langjähriger Routine zeugen. Ruckzuck ist alles wieder sauber und das Geschirr, das keinen Platz mehr in der Spülmaschine gefunden hat, steht ordentlich gestapelt auf der Ablagefläche darüber. Die Verkäuferin blickt noch einmal kontrollierend durch den Raum und setzt sich dann zu Eva an den Tisch. So, dass sie beide Eingangstüren im Blick hat.

„Macht kein gutes Bild, wenn die Verkäuferin an einem Tisch rumlungert", sagt sie entschuldigend zu Eva. „Ich wollte Sie zuerst nicht so anfahren, aber ich hatte letzte Woche eine Meinungsverschiedenheit mit der Chefin, die ziemlich ausgeartet ist. Die Kollegin, die vor der jetzigen da war, hatte sich auch schon mal so mit ihr gefetzt und knapp zwei Wochen später hatte sie die Kündigung am Tisch und die Tochter einer guten Freundin den Job. Nicht, dass das Mädchen auch nur irgendeine Ahnung vom Verkauf oder vom Servieren hätte. Aber die ist so jung und traut sich nichts zu sagen, wenn mal Unstimmigkeiten aufkommen, und das ist scheinbar mehr wert als Berufserfahrung!"

„Die haben Sie ja zur Genüge", rutscht es Eva heraus. Die Verkäuferin blickt sie fragend an.

„Was meinen Sie damit?"

„Oh Entschuldigung, das kam jetzt falsch bei Ihnen an", bemüht sich Eva schnell zu antworten. „Ich hab Ihnen nur zuerst beim Arbeiten zugesehen. Sie sind so schnell und organisiert, dass Sie mir nicht erzählen können, dass sie erst seit Kurzem in dem Bereich arbeiten."

Da strahlt die Verkäuferin über das ganze Gesicht und sagt mit einer ganz anderen, viel weicheren Stimme: „Danke, das hat mir schon lange niemand mehr gesagt. Aber demnach kennen Sie sich ja selbst auch gut aus?"

„Ach", antwortet Eva, „ich hab nie eine Lehre in dem Bereich gemacht, das durfte ich damals nicht, aber ich hab viele Jahre lang im Dorfwirtshaus ausgeholfen. Oft nur an der Schank oder in der Küche, aber manchmal, wenn Not am Mann war, haben sie mich auch servieren geschickt. Und wenn man viele Jahre da arbeitet, sieht man eben gleich, wer mit viel Arbeit trotzdem schnell fertig ist und nicht wie ein aufgescheuchtes Huhn herumrennt."

Da lacht ihr Gegenüber und sagt: „Na, da kann ich mich ja auf was gefasst machen, wenn Sie wirklich hier anfangen. Ihnen kann man ja nichts vormachen – nicht dass ich das wollte, aber bisher war ich hier die Einzige, die Berufserfahrung mitbringt. Die Chefin hat mich sogar schon mal gefragt, woran das wohl liegen könnte, dass ich immer um so viel mehr Umsatz mache als die Kolleginnen. Und das, egal für welche Schicht ich eingeteilt bin. Da konnte ich mir nicht verkneifen zu sagen, gelernt ist halt gelernt. Aber sie stellt lieber junge Mädel ein, die glauben, eine tolle Frisur und ein perfektes Make-up reichen aus, um hier Umsatz zu machen, die aber sofort überfordert sind, wenn mehr als fünf Personen im Café sind und dann noch jemand eine Frage an der Theke hat." Sie schüttelt den Kopf. „Das hier ist wirklich eine Goldgrube. Die Leute kommen von selbst, kommen immer wieder. Wenn ich ein bisschen Grips im Kopf habe, merke ich mir doch, was die Stammgäste mögen, und das kriegen sie dann auch, das hilft! Oh, entschuldigen Sie bitte, da habe ich mich jetzt etwas in Rage geredet. Ich muss dann auch wieder weitermachen. Haben Sie noch einen Wunsch?"

Plötzlich scheint es ihr peinlich zu sein, dass sie so freizügig über ihre Arbeitgeberin und ihre Kolleginnen gesprochen hat, und zieht sich zurück.

„Danke, nein, ich zahle dann bitte und rechnen Sie noch ein halbes Schwarzbrot mit dazu, das nehm ich mit nach Hause. Ach ja, und wenn Sie mir noch sagen, wann ich die Chefin denn erwischen könnte?"

Zufrieden spaziert Eva nach Hause, die Tasche mit dem Brot umgehängt, die Reisetasche abwechselnd in der rechten und linken Hand. Sie hat erfahren, dass die Chefin immer in der Morgenschicht vorbeikommt, um den Bestand zu überprüfen, und gerne auch zu den Dienstwechseln auftaucht. Eine genaue Uhrzeit hat sie nicht, aber ihren Namen und sogar die Telefonnummer. Sie würde sie anrufen und um einen Termin bitten, ob sie den dann bekam oder nicht, würde sich weisen.

Sie kommt zu Hause in einer weit besseren Laune an, als sie abgefahren war. Wie lange ihr das jetzt vorkommt! Dabei sind doch gerade mal acht Tage vergangen! Was war nicht alles passiert in dieser Zeit. Sie hat sich zum Volldeppen gemacht und das vor einer Gruppe von Frauen, mit denen sie unter anderen Umständen sicher befreundet gewesen wäre. Sie hat sich aufgeführt wie ein verliebtes Schulmädchen, war mit Hubert durch den Regen spaziert, als gäbe es nichts Schöneres, und hat ihn angeschmachtet, dass jede Hollywood-Schnulze blass neben ihr aussah. Dann hätte sie noch beinahe den Kurs nicht abschließen können, weil sie sich von diesem dahergelaufenen Hausmeister so den Kopf verdrehen hat lassen, dass sie kaum die paar notwendigen Worte für die so genannte Abschluss-„Prüfung" herausgebracht hat. Peinlich. Das war das perfekte Wort, das ihr Verhalten in den letzten Tagen beschrieb. Und trotzdem: Sie fühlt sich im Moment gar nicht so schlecht, wie sie es erwartet hätte. Die Welt hat nicht aufgehört sich zu drehen, obwohl sie es sich für ein paar Augenblicke lang gewünscht hätte, der Erdboden hat sich nicht aufgetan und sie verschluckt, wie sie es erwartet hätte, nachdem sie heulend am Boden herumsaß und von einem wildfremden Mann angesprochen worden, der wahrscheinlich glaubte, sie sei geisteskrank. Nichts von all dem ist passiert. Im Gegenteil. Sie hat sich seit Wochen nicht mehr so gestärkt gefühlt, so voller Tatendrang und Zuversicht. Und das lag ganz sicher nicht an diesem AMS-Kurs, den ihr der Betreuer da aufgeschwatzt hat. Sie hätte diesen ganzen Kurs leiten können! Mit links! Nur kann sie das nicht, weil sie ja keinen Nachweis hat, dass sie kann, was sie kann! Verkehrte Welt.

Aber vielleicht klappt es ja im Café am Bahnhof. Sie würde morgen Vormittag noch mal dorthin gehen, aber auch in der Trafik nach einer eventuell offenen Stelle fragen. Kann ja nicht schaden, wenn mehr Leute wissen, dass ich auf der Suche bin, denkt sie bei sich.

Dann beginnt sie ihre Tasche auszupacken, reißt die Fenster auf und lässt frische Luft in ihre Wohnung. Sie überlegt, was sie sonst noch zu tun hat, aber es fällt ihr einfach nichts ein. Gerne hätte sie mit jemandem gesprochen. Mit Hubert? Nein, vielleicht, ja, schon. Aber das erlaubt sie sich nun wirklich nicht. Sie könnte doch auch ... hm ... wen könnte sie denn anrufen? Es ist Sonntag, früher Nachmittag. Das Wetter ist, na ja. Trocken zumindest. Ein Spaziergang vielleicht? Alleine? Sie kommt sich immer vor wie auf dem Präsentierteller, wenn sie so alleine durch die Gegend läuft. Einerseits bewundert sie die Frauen, denen sie begegnet, für die das etwas ganz Alltägliches zu sein scheint. Manche von ihnen wirken nahezu vergnügt! Aber innerlich hat sie auch immer etwas Mitleid mit ihnen und den Drang, zu ihnen hinzugehen und zu fragen, ob sie sie begleiten solle!

Noch schlimmer war es immer beim Dorfwirt gewesen. Da kam eine Frau gelegentlich zu Mittag oder abends vorbei, aß das Tagesgericht, trank ein Bier und danach eventuell noch einen Kaffee. Sie saß immer alleine. Nie kam sie in Begleitung, nie bat jemand der anderen Gäste sie an ihren Tisch. Sie wirkte immer abweisend, vielleicht wollte sie ja alleine gelassen werden, trotzdem tat es Eva immer weh, sie zu sehen. Am liebsten hätte sie sich dazugesetzt und sie unterhalten. Manchmal hatte sie ein Buch, eine Zeitschrift oder auch ein Schreibheft dabei, in das sie vor, während und nach dem Essen irgendetwas schrieb. Nie sehr viel, es schienen mehr unzusammenhängende Gedanken gewesen zu sein, sie machte oft lange Pausen, dachte nach, schrieb wieder. Manchmal strich sie ganz plötzlich und sehr heftig das eben Geschriebene wieder durch und schloss das Schreibheft. Gerne hätte Eva es an sich genommen, um zu sehen, was ihre Gedanken so beschäftigte. An diesen Tagen schien sie die anderen Gäste gar nicht wahrzunehmen. An anderen saß sie wiederum geradezu beobachtend auf ihrem liebsten Platz in der Stube, lehnte sich zurück und ließ ihre Blicke völlig ungeniert über die anderen Tische und Gäste, ja sogar über das Personal und die Chefitäten schweifen. Doch auch dabei sah sie nie aus, als wolle sie dazugehören. Sie verharrte in einer Beobachterrolle, die sie durch ihre verschlossene Körperhaltung – die Arme oft eng vor der Brust verschränkt – noch unterstrich. Beim Zahlen war sie immer großzügig, es gab oft mehr Trinkgeld für die Kellnerin, die an ihrem Tisch bediente, als die anderen. Trotzdem ließ sie sich zu keinen Freundlichkeiten hinreißen. „Passt, danke", waren die einzigen Lobesworte, die Eva jemals von ihr vernommen hatte. Sie hatte sich auch bei einer der Kellnerinnen, mit der sie schon fast befreundet war, nach ihr erkundigt. Wer ist denn die? Was macht die denn? Wieso sitzt sie eigentlich immer alleine hier herinnen? Hat sie keine Familie? Keine Freunde?

Ihre Kollegin hatte unerwartet schroff reagiert. Wieso willst du das wissen? Sie tut doch niemandem etwas. Lass sie doch einfach in Ruhe! Eva war damals völlig vor den Kopf gestoßen gewesen. Sie wollte doch nur ein wenig Informationen haben. Sonst war die Kollegin auch nicht auf den Mund gefallen, wenn es darum ging, ihr Urteil über den einen oder anderen Gast abzugeben. Da wurden Vermutungen geäußert, Gerüchte weitergegeben und oft sogar noch mit eigenen Ideen aufgepeppt. Aber hier schien der Fall ganz anders zu liegen. Eva wusste sogar, dass es sich bei der Frau um eine Zugezogene handelte und dass sie offenbar aus einem anderen Bundesland stammte. Andere behaupteten wiederum, sie sei aus Salzburg nach Neuhofen gezogen, wo sie früher verheiratet gewesen sei. Vermutlich nach der Scheidung umgezogen, hieß es. Aber wissen tat es keiner. Sie arbeitete nicht im Ort, schien außerdem sehr ungewöhnliche Arbeitszeiten zu haben, denn man sah sie zu den unterschiedlichsten Zeiten, mal vormittags, mal nachmittags, mal an einem Montag, dann wieder einem Donnerstag durch den Ort spazieren, im Sommer auch mit dem Fahrrad. Sie kaufte ein, war höflich zu beinahe jedem, aber schien sich mit niemandem anzufreunden. Eva schüttelte den Kopf. Seltsam, dass ihr diese Frau – sie hieß irgendwas mit M, Meilinger, Mützinger, Millner oder so ähnlich – so sehr im Kopf herumspukte. Die schien sie ja mehr beeindruckt zu haben, als ihr selbst bewusst gewesen war.

Wo ist sie gleich noch mal gewesen? Anrufen. Sie will Hubert anrufen. Nein, will sie nicht! Will sie absolut nicht!!! Besser ihre Freundin Andrea. Auch wenn deren Mann es gar nicht gerne sah, wenn sie Andrea am Wochenende „in Beschlag nahm", wie er es ausdrückte. Aber nach einer einwöchigen Abwesenheit würde das ja wohl erlaubt sein. Wenn er nur nicht immer selbst ans Telefon ginge! Ihr war das immer so schrecklich unangenehm, wenn sie am Telefon nach jemandem fragen musste. So gesehen sind diese Mobiltelefone ein Segen für sie! An dieser Telefonie-Aversion lag es auch, dass sie es nie geschafft hat, eine Arbeit in einem Büro zu finden. Immer gehörte zu den Aufgaben auch die telefonische Kundenbetreuung, telefonische Auftragsannahme, telefonische Dies und telefonische Das. Wenn sie das schon las, schwand ihr Mut und sie brachte es nicht mehr über sich, sich für so eine Stelle zu bewerben.

Das hatte sie zu Beginn ihrer Arbeitslosigkeit auch versucht, ihrem AMS-Mann zu erklären. Der hatte gleich begeistert gemeint, sie in einen Kurs für Telefonverkauf stecken zu müssen, weil er glaubte, sie würde dieses Können gerne besitzen und diese Art der Arbeit machen. Lange hatte sie mit wachsender Verzweiflung auf ihn eingeredet, bis er begriffen hatte, dass ihr nicht die Techniken zum Telefonieren fehlten, sondern die Fähigkeit zu telefonieren an sich. Für ihn war das – wie für viele andere – absolut unvorstellbar. Aber gut – sie will mit Andrea sprechen, da führt kein Weg am Telefon vorbei.

Sie geht in den Vorraum und wählt Andreas Nummer. Es läutet. Wieder und wieder. Niemand hebt ab. Seufzend will Eva schon wieder auflegen, als sie gerade noch Andreas atemlose Stimme hört.

„Hallo?" Eva hebt den Hörer wieder ans Ohr: „Andrea?", fragt sie, „bist du das?"

„Ja, hallo Eva", antwortet sie, „ich war gerade draußen und bin reingelaufen, als ich es klingeln hörte. Was ist denn los bei dir?"

„Ich bin von meinem Kurs in der Stadt zurück und wollte mich einfach bei dir melden. Da war so viel los, in diesen paar Tagen, dass mir meine Wohnung jetzt schon fast zu still vorkommt. Mir war so nach einer Unterhaltung."

„Du, das ist jetzt gerade ganz schlecht, wir sind den Moment vom Mittagessen zurückgekommen und ich muss gleich eine Jause herrichten, weil die Breitingers am Nachmittag mit den Kindern noch auf Besuch kommen", antwortet Andrea immer noch außer Atem. War sie denn so gerannt, um das Telefon zu erwischen, das war doch sonst auch nicht ihre Art.

„Sonst alles in Ordnung bei dir?", fragt Eva. „Du klingst so abgehetzt."

„Ja, nein, alles klar. Wie gesagt, ich bin grad beim Herrichten und ... du, vielleicht können wir morgen oder Dienstag mal reden. Hättest du Zeit?"

„Ja", antwortet Eva. „Zeit habe ich mehr als genug. Dann noch einen schönen Nachmittag mit den Breitingers. Tschüss."

„Ja, danke, dir auch. Wir hören uns." Klack.

Das kommt Eva wirklich seltsam vor. Andrea ist eine Quasselstrippe, wie sie im Buche steht. Und sie weiß, dass sie lieber mit dem Schnurlostelefon zwischen Schulter und Ohr geklemmt durch die Gegend läuft, bevor sie ein Telefongespräch beendet, bevor sie alle Neuigkeiten erfahren hat. Na ja, vielleicht haben sie und ihr Göttergatte ja einen Streit gehabt. Sie würde es spätestens am Dienstag erfahren.

Da sitzt sie nun. Auf ihrem Lieblingssessel im Wohnzimmer. Sie erinnert sich, wie sie noch vor wenigen Tagen in dem kleinen Zweibettzimmer in der Stadt am Bettrand gesessen hat. Das kommt ihr vor wie vor Jahren! Und jetzt? Steh auf, zieh dir was Bequemes an und geh eine Runde spazieren, sagt die vernünftige Stimme. Hol dir einen Birnenlikör aus dem Schrank und trink, so viel du kannst, sagt eine andere, eher trotzig klingende Stimme.

Eva sitzt und wartet. Der Tag da draußen ist annehmbar und die Bewegung tut dir gut. Vielleicht triffst du Bekannte, mit denen du dich unterhalten kannst oder die dich spontan auf einen Kaffee einladen? Und wer sollte das sein? Mit wem hast du denn hier im Ort so viel Kontakt, dass du einfach so eingeladen wirst? Besser du bleibst daheim und lässt dich mal so richtig hängen. Du bist noch nicht durch, mit der ganzen Hubert-Geschichte.

Sie hat das Gefühl, als ob links und rechts von ihr zwei Personen stehen würden, die mit ihr sprechen, so deutlich kann sie diese beiden unterschiedlichen Stimmen hören.

Und was soll das bringen? Alkohol wird dir in diesem Fall sicher nicht weiterhelfen. Beim Spazierengehen denkt es sich doch viel besser als mit Alkohol im Hirn!, beginnt die Vernünftige wieder. Eva wartet, keine Antwort. Und plötzlich, sie hat sich schon beinahe mit dem Gedanken angefreundet aufzustehen und spazieren zu gehen, schreit die zweite Stimme geradezu: Aber dazu hat sie keine Lust!

Das stimmt allerdings. So, wie sie hier auf diesem Sessel sitzt, könnte sie ewig sitzenbleiben. Sie schaut an die gegenüberliegende Wand. Sieht sie aber nicht. Sie fühlt gar nichts. Sie will denken und auch wieder nicht. Sie hat das Gefühl, die Umgebung wird immer dunkler, immer dichter. Trotzdem kann sie ihren Blick einfach nicht von der Wand abwenden. Sie atmet tief ein und aus, kneift ihre Augen zusammen, steht mit Schwung auf und verlässt die Wohnung.

Vor dem Haus holt sie noch einmal tief Luft. Was war das eben gewesen? Sie hat das Gefühl gehabt, von der Luft um sich aufgesaugt zu werden. In ihr zu zergehen. Was soll sie denn jetzt machen? Ratlos blickt sie um sich. In einiger Entfernung sieht sie eine ihrer Nachbarinnen mit ihrem ältesten Sohn stehen. Die beiden diskutieren scheinbar eifrig, sehen aber trotzdem mit unverhohlener Neugier zu ihr. Eva dreht sich um 180 Grad und will schon wieder ins Haus zurück. Aber dem Gefühl, das sie da drinnen gerade noch gehabt hat, will sie einfach nicht mehr begegnen. Sie blickt kontrollierend an sich hinunter. Da sieht sie es. Sie ist mit ihren Plüschhauspatschen auf die Straße gelaufen. Die sind pink. Kein Wunder, dass sie alle anglotzen. Und sie hat auch keine Jacke an. Und ... der Schlüssel? Wo ist ihr Hausschlüssel? Wahrscheinlich dort, wo er seit ihrem Nachhausekommen ist. Am Schlüsselbrett in ihrer Wohnung. Na toll. Und am Wochenende ist die Haustür immer abgeschlossen. Jetzt muss sie also noch bei jemandem klingeln und um Einlass bitten. Mutlos steht sie noch immer vor der geschlossenen Haustür. Ihr ist nach Heulen zumute. Nach Heulen und nach Birnenlikör.

Gut eine Stunde später hat sie sich wieder etwas gefangen Das Reinkommen war überhaupt kein Problem, sie musste nur bei Fräulein Schmidt klingeln, die war immer zu Hause und dachte auch nicht daran, in den Gang zu schauen, sondern murmelte nur ein: „Ja, ja, das ist mir auch schon mal passiert, als ich dringend weg musste", in die Sprechanlage und drückte auf den Türöffner. Drinnen genehmigt sich Eva zuallererst ein Gläschen Likör. Wen kümmert es denn? Dann noch eines und als sie sich das dritte einschenkt, ist ihr plötzlich auch die Komik der Situation bewusst. Völlig von den Socken, steht sie mit pinken Plüschpatschen auf der Straße. Wenn sie Fräulein Schmidt in so einem Zustand gesehen hätte, wäre ihr das viel früher aufgefallen!

Sie grinst. Den dritten Likör lässt sie stehen und beginnt in Ruhe ihre Tasche auszupacken, die Kursunterlagen zu sortieren und zu verräumen und dann sitzt sie wieder da. Sie hat ihren Kalender zur Hand genommen und sieht auf die Einträge der nächsten Woche. Donnerstag, 10.45, AMS, Termin, steht da. Das ist zu wenig. Da muss doch noch mehr los sein! Also überlegt sie: Morgen würde sie jedenfalls gleich zur Trafik gehen, um dort wegen einer eventuellen Stelle nachzufragen und am Vormittag auch die Chefin des Cafés anrufen. Vielleicht könnte sie ja Dienstag dann gleich mit ihr sprechen. Mittwoch hätte sie dann „frei" und somit Zeit für ein paar grundlegende Änderungen in ihrer Wohnung. Donnerstag AMS und dann ...

So viel Zeit und so wenig zu tun, denkt sie. Vor dem Kurs ist sie schon daran gewohnt gewesen, die paar Erledigungen und Handgriffe, die sie zu tun hat, so in die Länge zu ziehen und sie auch so voneinander zu trennen, dass sie möglichst viel Zeit in Anspruch nahmen – zum Beispiel am Vormittag einkaufen gehen und am Nachmittag den Glasmüll zum Recyclinghof bringen, obwohl das die fast identische Strecke war. Jetzt, nach dem Kurs, dem Abendprogramm mit Hubert, fällt ihr die Decke wieder auf den Kopf. Ein Besuch bei Andrea steht auch noch an. Obwohl sie am Telefon wirklich äußerst merkwürdig gewesen ist. Aber das wird sich sicherlich klären.

Sie steht auf und geht in der Wohnung auf und ab. Hin und her. Sie blickt an die Wände, in die Ecken, lässt den Blick über die Regale im Wohnzimmer wandern, steht in der Küche und blickt aus dem Fenster. Dann schaltet sie das Radio ein, setzt sich wieder an den Tisch, hört das Geplaudere vom Sonntagnachmittag, seufzt, steht auf und schaltet es wieder ab. Das Likörglas steht immer noch voll am Tisch. Sie nimmt es, leert es in die Abwasch in der Küche und wäscht es ab. Ein Blick auf die Uhr – der Nachmittag will einfach nicht vergehen.

Dann eben doch raus mit dir, beschließt sie und muss trotz ihrer miesen Laune schmunzeln, wie sie – ganz bewusst – die Schuhe und eine Jacke anzieht und den Schlüssel vom Haken nimmt. Schnell geht sie noch zurück in die Küche, nimmt ihr Portemonnaie aus der Handtasche und steckt es ein.

Sie schlendert erst in Richtung Bahnhof, es erscheint ihr einfacher, die Strecke zu gehen, die sie heute schon einmal gegangen ist. Beim Vorbeigehen wirft sie einen Blick ins Café. Wieder sitzen ein paar Gäste drinnen, die Verkäuferin kann sie allerdings nicht erblicken. Vielleicht ist ja auch schon ihre Kollegin da. Sie geht weiter, erst noch am Gehsteig der Hauptstraße, dann biegt sie wahllos in verschiedene Seitenstraßen ein. Fast so wie mit Hubert an dem Abend, als sie schließlich in dieser hübschen Wohnsiedlung zusammen vor dem Haus gestanden waren ... Schluss, ermahnt sie sich. Das bringt dir nix. Wenn du was mit ihm klären willst, rede mit ihm und sonst denk gefälligst an was anderes. Zum Beispiel, wie du ihn töten kannst. Er arbeitet doch so viel mit scharfen, gefährlichen Geräten. Was wäre, wenn so eines einfach mal einen Stromschlag auslöst? Blöde Idee, fällt ihr ein, sie ist, was Elektrogeräte angeht, ungefähr auf dem Wissensstand eines Kindergartenkindes! Und einen fremden Elektriker bitten, die Geräte zu manipulieren, geht ja auch nicht. So viel sie weiß, geht er immer zu Fuß zur Arbeit. Also hilft es auch nichts, sein Auto ausfindig zu machen und die Bremsleitungen anzusägen. Wobei sie auch diese wohl alleine nicht finden kann. Sonst fällt ihr nichts mehr ein. Giftmord? Zu klischeehaft. Aber am einfachsten wäre: Sie könnte sich in der Pizzeria, in die er so gerne ging, als Küchenhilfe anstellen lassen und dann ... ach nein, bei ihrem Glück würde sie reihenweise die falschen Personen vergiften und Hubert würde überleben! Und außerdem: er hatte ihr doch von seiner Schwester erzählt, die schwerkrank irgendwo in einem Sanatorium oder Krankenhaus liegt. Wie würde es ihr gehen, wenn ihrem Bruder, der sie regelmäßig besucht, etwas zustoßen würde? Sie bemerkt schon, als „Hobbykillerin" macht sie sich einfach zu viele Gedanken, Das war also keine Option für sie.

Ohne es zu merken, ist sie wieder auf die Hauptstraße zurückgekehrt und nähert sich nun dem Bahnhof von der anderen Seite. Vor dem Nagelstudio sieht sie ein kleines weißes Auto stehen, das im Spätnachmittagslicht irgendwie zu schimmern scheint. Sie kann es sich nicht verkneifen, daneben stehen zu bleiben und mit der Hand die Oberfläche zu berühren. Hm ... fühlt sich völlig normal an, aber es sieht hübsch aus. Sie fühlt sich beobachtet, hebt den Kopf und sieht, wie eine kleine, etwas rundliche Frau am Schaufenster steht und sie mit hochgezogenen Augenbrauen ansieht. Schnell hebt sie entschuldigend die Hände und lächelt verlegen. Sie geht weiter. Hoppla, mit so einer Handlung könnte sie Probleme bekommen. Es gab Männer, die es gar nicht gerne sahen, wenn sich jemand ihrem Auto näherte. Aber andererseits konnte sie sich auch keinen Mann in dem kleinen Perlmuttauto vorstellen!

Am nächsten Morgen richtet sie sich ein Frühstück, Brot, Butter, Marmelade, Kaffee ohne Milch, die hat sie vergessen, aus dem Café mitzunehmen, wäscht anschließend gleich das Geschirr ab und wartet. Worauf wartet sie denn noch? Sie zögert, anzurufen, um die Chefin des Cafés um einen Termin zu bitten. Weil sie einfach nicht telefonieren mag. Also zieht sie sich wieder an, geht zum Bahnhof und in die Trafik auf der gegenüberliegenden Straßenseite. Eine Frau, etwa in ihrem Alter, steht vor der Zeitungswand und ordnet die Hefte.

„Guten Morgen", sagt Eva, als sie eintritt.

Die Verkäuferin dreht sich um und erwidert den Gruß. „Bitte, was hätten Sie denn gerne?", fragt sie.

„Eine Auskunft", antwortet Eva. Jetzt blickt ihr die Frau neugierig ins Gesicht.

„Wie bitte?"

„Entschuldigung", sagt Eva, „aber ich bin auf Arbeitsuche und wollte einfach mal nachfragen, ob Sie nicht zufällig jemanden brauchen, hier, für den Verkauf."

Die Frau schüttelt den Kopf. „Nein", sagt sie. „Mein Mann und ich führen die Trafik, seit sie aufgesperrt hat, und wir haben nicht vor, damit aufzuhören."

„Ach so", meint Eva entmutigt. „Na ja, ich wollte einfach mal fragen, weil ich gestern im Café drüben war und mir gedacht habe, fragen kostet ja nix."

Die Frau kommt näher. „Tut mir leid", sagt sie jetzt in einem etwas freundlicheren Ton, „aber so viel ist hier nie los, dass man zu zweit sein müsste und bei den Öffnungszeiten, die wir haben, brauchen wir auch keine zusätzliche Kraft. Falls wir beide mal verhindert sind, hilft unsere Tochter tage- oder stundenweise aus, aber das kommt so gut wie nie vor."

„Danke", sagt Eva, will schon hinausgehen, überlegt es sich dann aber anders und tritt wieder einen Schritt vor. „Ach, wenn ich schon da bin, schaue ich doch gleich mal nach der neuen Handarbeitszeitung."

„Die hab ich hier", sagt die Frau, greift zielsicher in die richtige Reihe und gibt Eva das Heft. Die schaut nur kurz auf das Titelblatt und holt ihre Geldbörse heraus. Will ihre Geldbörse herausholen, denn: die steckt noch in der Jackentasche, in die sie sie gestern Nachmittag –

wozu eigentlich – gesteckt hat!

„Oh nein", entfährt es ihr. „Ich bin ja wirklich zu nichts zu gebrauchen."

Die Frau sieht sie etwas ärgerlich an, scheint es ihr.

„Das tut mir jetzt leid, aber mein Geld liegt zu Hause in der Wohnung. Lassen Sie doch bitte das Heft hier liegen, ich geh schnell zurück und hol es gleich ab. Ich brauch das Geld ja sowieso, weil ich dann noch einkaufen will."

Sie huscht aus dem Geschäft, ihr Gesicht ist ganz heiß! Was die Frau nun wohl von ihr denkt? Ob sie ihr glaubt, dass sie wiederkommt? Egal, sie wird es ihr beweisen und sofort wieder hingehen. Auch wenn sie sich mit dem bisschen Geld, das sie vom AMS erhielt, solche Extraausgaben nicht wirklich leisten kann. Aber das lässt sie nicht auf sich sitzen, dass die Frau glaubt, sie hätte sie angeschwindelt und nur so getan, als ob! Empört schreitet Eva immer schneller aus, bis sie fast in einen Laufschritt verfällt. Sie stürmt ins Haus, betritt ihre Wohnung, greift zur Jacke und – ja, natürlich, da ist es! Sie will eben die Tür von außen schließen, als sie drinnen das Telefon läuten hört. Schnell geht sie wieder rein und hebt ab. Andrea ist dran, heulend.

Was sie nach vielen Schluchzern und verschluckten Wortteilen heraushört, empört sie! Andreas Mann hat ihr gestern mitgeteilt, dass er ausziehen und sich scheiden lassen will. Andrea ist sich sicher, dass da eine andere Frau dahintersteckt, auch wenn er das strikt von sich gewiesen hat! Ja, spinnt der Mann?, denkt sich Eva, was war denn in den gefahren? Die Ehe von Andrea lief doch immer gut und sie sieht hübsch aus, ist verträglich und … Ach, was weiß sie denn im Prinzip Genaues? Gar nichts. Sie kennt Andrea zwar seit vielen, vielen Jahren, aber deswegen kann sie ja auch nicht in sie reinschauen. Und in ihren Mann schon gar nicht.

„Andrea, ich komme zu dir", sagt sie, pfeift in Gedanken auf die Zeitung, die sie holen sollte, und will schon auflegen.

„NEIN", schreit Andrea geradezu. „Ich bin ja gar nicht bei mir. ER ist zu Hause und packt schon mal das Wichtigste, weil er es ja so eilig hat, von mir wegzukommen. Kann ich zu dir kommen?"

„Ja, natürlich", antwortet Eva. „Komm nur. Oder weißt du, was, ich hole noch schnell was im Laden, ich hab ja fast nichts zu Hause. Treffen wir uns im Ort und gehen dann gemeinsam her, dann können wir schon reden."

Was Andrea ihr in der nächsten Stunde erzählt, lässt Eva ihre Hubert-Sorgen verschwindend klein erscheinen. Andreas Mann hat sich im letzten halben Jahr schon eine zweite Existenz aufgebaut, ohne ihr etwas von seinen Plänen mitzuteilen, hat ihr vorgespielt, das alles beim Alten sei, sich aber schon eine Wohnung gesucht, gemietet, eingerichtet und auch schon begonnen, Alltagsgegenstände, Kleidung etc. dorthin zu räumen. Seine Arbeitsunterlagen waren schon vollständig dort, bei den anderen Dingen hatte er sich so viel zurückbehalten, dass Andrea nicht misstrauisch wurde. Gestern beim Frühstück hat er ihr mitgeteilt, dass er ihre Ehe als gescheitert ansieht und ab dem nächsten Tag aus dem gemeinsamen Haus ausziehen wird. Wenn sie will, kann sie es behalten, dann wird allerdings er keine Unterhaltszahlungen leisten, sondern welche von ihr erwarten, denn die Hälfte gehört ja schließlich ihm.

Heute Vormittag ist er dann plötzlich mit einem Klein-LKW am Parkplatz gestanden, hat leere

Umzugskartons ins Haus getragen und drinnen in aller Seelenruhe begonnen, seine Sachen einzupacken. Jede versuchte Unterhaltung sei gestern von ihm verweigert worden, er bat Andrea einfach nur, sich nicht so aufzuführen und die ganze Sache nicht zu verkomplizieren! Als er sie heute bat, doch nicht nur herumzustehen, sondern ihm zu helfen, war sie aus dem Haus gerannt!

Eva ist ratlos. Was soll sie ihrer Freundin denn nur sagen? Hilflos sitzt sie vor ihr und hört mit immer größer werdenden Augen die ganze Geschichte. Sie ist völlig perplex. Nicht, dass ihre eigene Ehe immer nur ein Zuckerschlecken war, aber so eine Linke hätte sie Andreas Mann nie zugetraut. Sie hat sich einfach nie vorstellen können, dass das wirklich jemandem passiert, den sie persönlich kennt! Solche Geschichten liest man doch sonst nur in den Illustrierten, die bei der Zahnärztin oder dem Friseur aufliegen.

Andrea hat sich nun wieder etwas gefasst und spielt mit dem restlichen Stück Nussstollen auf ihrem Teller herum. Sie nimmt es in die Hand, zerzupft es, bröselt ein Stückchen auf ihren Teller, pickt es mit einem Finger wieder auf, knetet es wieder zu einem Ganzen. Die ganze Zeit sind ihre Hände in Bewegung. Ihre Augen sind verschwollen und gerötet, ihr Haar strähnig und zerzaust. Eva traut sich gar nichts zu sagen. Sie sitzt ihr gegenüber, blickt abwechselnd auf ihre Hände, ihr Gesicht und zum Fenster, links von ihr. Sie atmet schwer.

Irgendwas hat dieser Bericht von Andrea in ihr ausgelöst. Sie hat das Gefühl, jeden Moment umfallen zu müssen. Obwohl sie sich nicht allgemein schlecht fühlt.

Es ist nur so ein unbestimmtes Gefühl, dass irgendetwas passieren müsste. Trotzdem sitzt sie ganz ruhig. Nur ihr Blick wandert. Was ist das? Unruhe? Angst? Mitleid? Selbstmitleid, weil ihr, auch wenn ihre Freundin hier bei ihr sitzt und leidet wie ein Hund, doch auch wieder das letzte Gespräch mit Hubert einfällt? Ihr Atem wird immer lauter. Und ganz plötzlich merkt sie, dass sie lacht. Andrea fällt das Stückchen Kuchen aus der Hand, das sie eben „in Arbeit" hatte, und sieht sie völlig entgeistert an. Ihr Mund steht ein wenig offen und in dem Moment sieht sie nicht sonderlich intelligent aus. Eva nimmt all das mit einem Blick auf und schlägt sich die Hand vor den Mund.

„Entschuldige! Bitte, bitte entschuldige! Das war nicht böse gemeint!", ruft sie ganz entsetzt, aber trotzdem zucken ihre Mundwinkel weiter, ihr Zwerchfell scheint Trampolin zu springen und ihr wird entsetzlich heiß!

„Ich glaube, ich werde gerade hysterisch", sagt sie noch, bevor die nächsten Lachsalven aus ihr herausplatzen. Was ist schlimmer? Zu wissen, dass sie soeben ihre beste Freundin zu Tode beleidigt oder deren Gesicht ansehen zu müssen, das immer mehr zu einer Fratze wird, und dabei NICHT zu lachen? Sie will aufstehen und hinausgehen, um aus dieser Situation zu entkommen, kann sich aber einfach nicht bewegen. Sie krallt sich sogar richtiggehend am Küchentisch fest, aber ihr Gesicht kann sie nicht unter Kontrolle bringen.

„Wirklich, Andrea, es tut mir so leid", wiederholt sie immer und immer wieder. Lachend! Nicht kichernd oder lächelnd, wie es vielleicht noch halbwegs angemessen erschienen wäre, nein, sie lacht aus vollem Halse oder besser gesagt, aus ihrem Bauch, denn der hüpft und springt wie ein Gummiball! Andrea wird rot im Gesicht.

Komisch, denkt Eva. Sonst ist sie doch mehr der blasse Typ! Sie scheint nicht mehr zu wissen, wie sie auf diesen unerwarteten und unpassenden Gefühlsausbruch von Eva reagieren soll, und sieht sie einfach nur an. Sie will sie anschreien, dass sie doch bitte aufhören soll, aber sie sitzt stumm da und betrachtet ihre Freundin, der mittlerweile die Tränen aus den Augen laufen, der Schweißperlen auf der Stirn und den Schläfen stehen und die sichtlich mit sich kämpft, ihre Gesichtszüge wieder unter Kontrolle zu bringen. Doch während sie dasitzt und sich überlegt, ob es nicht besser wäre, einfach aufzustehen und die Wohnung zu verlassen, spürt sie, wie der unbändige Zorn, der sie eben noch zu zerreißen drohte, immer schwächer wird. Es ist, als würde Eva ihn weglachen, ihn inhalieren, wenn sie zwischen ihren Lachlauten röchelnd Luft holt.

Andrea wird ruhiger und ruhiger. Plötzlich spürt sie, wie ihre Mundwinkel sich zu heben beginnen und sie doch tatsächlich lächelt! Sie kann es kaum glauben. Da erzählt sie ihrer Freundin von der Schmach ihres Lebens, schwankt zwischen Selbstmordgedanken und Mordlust, heult sich die Augen aus und die absolut unpassendste Reaktion von Eva bringt sie noch zum Grinsen?

Sie steht auf, nimmt ein Glas aus dem Küchenschrank, füllt es mit Wasser und stellt es Eva vor die Nase.

„Da, trink", sagt sie, „bevor du mir noch völlig austrocknest, so wie du vor Lachen heulst und schwitzt gleichzeitig!"

Diese nüchterne Handlung scheint Eva aus ihrem

Lachkrampf zu reißen, sie lehnt sich zurück und holt tief Luft. „Danke, Andrea, und ehrlich – es tut mir wirklich leid!"

Jetzt bemerkt Andrea, dass sie grinst. „Du bist mir ja vielleicht eine Nummer. Ich habe ja mit allem gerechnet, aber nicht damit, dass du mich auslachst wie verrückt!"

„Aber ich lache dich doch überhaupt nicht aus. Im Gegenteil, mir ist ja gar nicht nach Lachen zumute. Frag mich bitte nicht, was das jetzt grad war!", antwortet Eva, nachdem sie das ganze Glas in einem Zug ausgetrunken hat.

„Egal, was es war, es hat gutgetan! Ich war so in meiner Wut und im Selbstmitleid versunken, dass ich wahrscheinlich nichts anderes wahrgenommen hätte. Vielleicht noch eine Ohrfeige von dir, aber da war mir das Lachen noch lieber."

Eva sitzt noch immer atemlos da und schüttelt den Kopf. „Und ich hab jetzt kurzzeitig geglaubt, ich werde so richtig verrückt. Ach, das Ganze geht mir mehr an die Nieren, als du vielleicht glaubst. Und es ist nicht das Einzige, wenn auch sicher das Schlimmste, was in den letzten Tagen so passiert ist. Aber das alles zu erzählen hat Zeit, jetzt kümmern wir uns erst mal darum, was du als Nächstes machst."

„Was ich mache? Ich überlege mir, ob ich es mir leisten kann, das Haus zu behalten. Ich brauche einen Anwalt, der mich unterstützt. Ich habe doch die letzten Jahrzehnte nicht mehr gearbeitet. Zuerst waren die Kinder da und nachdem ja der Herr Bauleiter immer gut verdient hat, weil er genau wusste, bei wem er die Hand aufhalten konnte, musste, durfte, war es ihm ja nur recht, dass ich zu Hause blieb und mich um den Haushalt kümmere. Ich war ja auch nicht scharf darauf, wieder in seinem oder einem anderen Büro zu sitzen und nach Diktat zu tippen und Kaffee zu kochen. Was soll ich denn nur machen? Ich kann mir alleine ja nicht mal eine Wohnung leisten. Ach mir gehen dauernd solche Fragen durch den Kopf. Woher hätte ich denn ahnen sollen, dass ich mich mal mit so was beschäftigen muss? Können wir denn nicht das Haus verkaufen und ich nehme mir dafür eine Wohnung, dann hätte ich zumindest mal ein Dach über dem Kopf."

Eva sieht sie an. „Ich habe keine Ahnung, Andrea", sagt sie. „Ich merke gerade, dass ich – auch wenn das jetzt böse klingt – unglaubliches Glück hatte, dass mein Mann nur gestorben ist und mich nicht sitzengelassen hat. Ich hatte zwar auch das Gefühl, dass meine Welt zusammenbricht, aber ich glaube, es ist leichter, wenn er aus der Welt geht, als wenn er in die übernächste Straße zieht. Und mir blieb zumindest unsere Wohnung hier. Ja, ich zahle auch die Miete dafür, aber die ist erschwinglich. Mach dir jetzt mal keine Gedanken. Bevor alle Stricke reißen, ziehst du fürs Erste einfach hier bei mir ein. Mit der Zeit finden wir dann schon eine Lösung."

So bleiben sie noch eine Weile beisammen sitzen und sprechen über ihre Ehen, über ihre Männer, über ihre Erwartungen, die sie beide in die Ehe gesetzt hatten und was heute davon übrig geblieben ist. Von Hubert zu erzählen, bringt Eva allerdings nicht zusammen. Ihr kommt ihre Wochenbekanntschaft plötzlich so unwichtig und läppisch vor, dass sie, obwohl sie kurz daran denkt, nie das Thema zu ihm wechselt.

Als Andrea schließlich aufsteht und sagt: „Ich muss dann wohl wieder zurück. Ich hoffe nur, er ist weg, mit all seinen Koffern und Taschen, mit den Kartons und mit seiner blöden Visage", hält Eva sie am Arm zurück.

„Willst du das wirklich? Willst du zurück in das leere Haus? Wieso holst du nicht ein paar Sachen und übernachtest hier? Oder wenn es dir lieber ist, komme ich mit zu dir. Aber ich kann mir nicht vorstellen, dass es gut für dich ist, heute Nacht alleine dort herumzusitzen."

Andrea sieht sie zögernd an. „Ach, ich weiß nicht. Aber warum nicht? Er war doch sonst auch so oft unterwegs und besser ich gewöhne mich gleich daran. Und wer weiß, wenn ich da bleibe und wir weiterreden, bekommst du vielleicht nochmal so einen Lachflash und erstickst dabei! Dafür will ich nun wirklich nicht verantwortlich sein!"

Am nächsten Morgen fühlt Eva sich wieder mehr wie sie selbst. Auch wenn der Anlass für das gestrige Gespräch mit Andrea ein sehr unerfreulicher gewesen war, sie selbst hat es wieder in die Spur gebracht. Sie steht auf, richtet sich ihr Frühstück her, zieht sich an, schnappt ihre Handtasche, kontrolliert, ob der Geldbeutel drinnen ist, und spaziert, mit Jacke und Schuhen, wie sie noch kurz lächelnd kontrolliert, los. Zuerst geht es zum Bahnhof, zur Trafik. Sie schielt von außen hinein. Mist. Sie hat so sehr gehofft, heute auf den Besitzer zu treffen, um nicht in die Verlegenheit zu geraten, der Frau von gestern erklären zu müssen, warum sie nicht mehr gekommen ist, um die Zeitschrift zu bezahlen. Aber wenn sie schon Ordnung in ihr Leben bringen will, ist es gut, gleich mit einer Herausforderung zu beginnen. Sie tritt ein und geht auf die Frau zu, die ihr etwas mürrisch, aber mit gehobenen Augenbrauen entgegenblickt.

„Ich versuche jetzt lieber gar nicht, Ihnen zu erklären, warum ich gestern nicht mehr gekommen bin. Es klingt nämlich sogar in meinen Ohren so unglaubwürdig, dass ich einfach nur gerne die Zeitschrift bezahlen und dann wieder gehen möchte."

Die Frau stutzt einen Moment, nickt dann aber und sagt: „Aber selbstverständlich. Bitte sehr", und legt ihr die Zeitung auf den Tresen. „3,80, bitte schön." Eva nickt, kramt die Münzen aus der Geldtasche, legt sie auf den Tisch, bedankt sich und geht hinaus. Draußen atmet sie erst mal tief durch und überquert dann die Straße. Sie schaut von außen in das Café und wirklich, da steht hinter dem Tresen, außer der Verkäuferin, eine zweite Dame, die gerade Tortenstücke geraderückt und anschließend weitere Sorten einräumt.

Eva schluckt, öffnet die Tür und tritt ein. „Guten Morgen", sagte sie betont fröhlich.

„Morgen", antwortet die Verkäuferin, legt dann aber gleich nach, „ach, Sie sind es. Frau Deinhammer, schauen Sie doch mal, das ist die Frau, die sich am Sonntag hier nach der Stelle erkundigt hat."

Die Besitzerin sieht aus wie aus einer anderen Zeit übrig geblieben. Früher hätte man sie wahrscheinlich als rüstige, ältere Frau bezeichnet. Heute wirkt sie beinahe kurios. Sie trägt eine Hochsteckfrisur, wie eine Oberschullehrerin aus den frühen 1960er-Jahren, dazu passend ein Kostüm, hautfarbene Strümpfe und braune klobige, aber sehr teuer aussehende Schuhe. Hätte sie noch eine Lesebrille auf ihrer scharf geschnittenen Nase getragen, hätte nur mehr der Rohrstock in der Hand gefehlt und Eva wäre in den nächsten Lachanfall gefallen! Aber auch ohne Brille blickt sie Eva prüfend an.

„Guten Morgen", sagte sie mit einer raumfüllenden Stimme (mit der sie, wie Eva bei sich denkt, auch leicht eine Schulaula überschreien hätte können), „Sie sind also gerade auf der Suche nach einer Stelle, wie ich gehört habe? Was hat Sie denn dazu gebracht, sich hier nach einer Arbeit zu erkundigen?"

Eva blickt etwas verunsichert. Sollte sie nun hier und jetzt, vor der Kuchentheke, ein Bewerbungsgespräch führen?

„Um ehrlich zu sein, ich habe nicht viel überlegt. Ich war auf einem AMS-Kurs in der Stadt und bei meiner Heimfahrt mit dem Zug fiel mir dieses Café hier ein. Da hab ich mir gedacht, wenn ich schon hier ankomme, kann ich doch auch gleich fragen. Ich hab ja früher jahrelang beim Dorfwirt geholfen, wenn sie Verstärkung gebraucht haben. Und verkauft habe ich zu Beginn meiner Ehe auch beim Huber-Bäck."

„Beim Huber-Bäck?", fragt die Chefin jetzt ganz erstaunt. „Haben Sie denn den Seniorchef noch gekannt?"

„Nicht persönlich, leider nein", antwortet Eva, „aber die Geschichten über ihn kursierten noch lange, nachdem die Bäckerei dann leider schließen musste."

„Meine Mutter kannte ihn gut, den alten Huber-Bäck", sagt Frau Deinhammer versonnen, „das muss schon ein Original gewesen sein. Ob ich allerdings für ihn hätte arbeiten wollen, wage ich zu bezweifeln." Sie lächelt. „Nun aber zu Ihnen. Es freut mich ja, dass Sie Interesse an diesem Café zeigen, nur sind wir im Moment gut besetzt. Außerdem gebe ich ganz offen zu, dass ich auch gerne junge Verkäuferinnen einstelle, weil ich damit hoffe, die Dorfjugend mehr in dieses Café zu locken. Ich bin eben Geschäftsfrau, muss auf den Umsatz achten und den meisten macht man heutzutage mit den Jugendlichen!" Sie zuckt mit den Schultern.

„Aber hätten Sie denn auch Interesse, wenn es sich nur um eine gelegentliche Aushilfsstelle handeln würde? Wenn mal jemand krank wird, im Urlaub ist oder so. Das wären dann zwar nicht viele Stunden, aber dafür bräuchte ich schon noch eine verlässliche Kraft."

„Das wäre bei mir nur möglich, solange ich beim AMS gemeldet bin. Ein bisschen darf ich ja dazuverdienen. Aber auf Dauer gesehen bin ich schon auf der Suche nach einer Fixstelle", sagt Eva.

„Das ist schade", antwortet die Chefin. „Aber ich kann Sie natürlich verstehen. Sie haben ja auch Ihre Ausgaben und brauchen ein regelmäßiges Einkommen. Aber wenn Sie wollen, lassen Sie mir doch trotzdem Ihre Daten hier, ich weiß ja auch nicht, wann ich das nächste Mal jemanden brauchen werde, und ob nicht doch kurzfristig noch eine Stelle frei wird. Dann könnte ich Sie ja anrufen."

Eva nickt, zieht eine Visitenkarte aus ihrer Geldbörse, bedankt sich bei Frau Deinhammer, verabschiedet sich bei der Verkäuferin, die die ganze Zeit versucht hat, nicht allzu auffällig zuzuhören, und tritt wieder auf die Straße. In diesem Moment fährt dieses kleine Perlmuttauto bei ihr vorbei, blinkt und hält direkt vor dem Nagelstudio.

Dann springt die Tür des Autos auf und Eva hat eine Erscheinung. Denkt sie zumindest. Was da aus dem Auto steigt, ist für sie so unglaublich, dass sie jeglichen Anstand vergisst und mit offenem Mund stehen bleibt und die Frau – es war doch eine Frau? – angafft! Sie hatte pinkfarbene, glitzernde Leggings an, dazu Pantöffelchen, mit einer Art lila Puderquaste, die eine so kunstvolle Sohlenkonstruktion aus durchsichtigem

Plastik haben, dass Eva im ersten Moment glaubt, sie schwebe in der Luft. Um den Oberkörper schlingen sich Tücher? Schals? Stoffe? Ob die zusammengenäht sind oder einfach nur übergeworfen? In einer nicht zählbaren Menge und in allen Farben des Regenbogens, der Natur, des Universums. Dazwischen glitzern Gold- und Silberketten, die jeden amerikanischen Gangsta-Rapper vor Neid erblassen lassen würden, wenn sich einer auch nur in die Nähe dieser Person trauen würde!

All das ist aber nichts im Vergleich zu dem Gesicht, das sich ihr unter einer knallpinken Faschingsperücke vergnüglich zuwendet. Diese Frau trägt einen türkis-blauen Lidschatten um die Augen, am Mund eine Art Clownmaske und drei große schwarze Punkte auf der Stirn. Und all das scheint sie in keiner Art und Weise nervös oder unsicher zu machen. Im Gegenteil, sie steht mitten am Gehsteig, lacht Eva an und sagt:

„Wollten Sie zu mir? Ein paar hübsche Nägel gefällig oder lieber ein bisschen neuen Wind, was das Make-up betrifft?"

Eva blinzelt. Doch, sie ist wach, sie steht da und dieses Wesen vor ihr hat sie eben etwas gefragt.

„Ähm, ahhh, hm ...", hört sie sich stammeln. „Entschuldigung, nein, also ich glaube, dass, nein, oder aber ..." Sie spürt, wie sie errötet. Da steht sie wie ein kleines Mädchen, das noch nie einen Paradiesvogel gesehen hat, und bringt keinen sauberen Satz heraus! Sie räuspert sich und nimmt einen neuen Anlauf: „Nein, ich kam von da", deutet mit der rechten Hand zaghaft zum Café zurück, „und war wegen der Bewerbung ... Also."

Die Frau legt den Kopf schief. „Sie wollen sich bei mir bewerben? Aber das ist ja großartig, ich wusste nicht, dass wir heute etwas ausgemacht haben. Kommen Sie, kommen Sie, wir setzen uns drinnen hin, das ist doch viel gemütlicher. Wunderbar, ganz wunderbar, mir wächst die Arbeit nämlich über den Kopf! Haben wir telefoniert? Ich kann mich wirklich gar nicht erinnern, heute mit Ihnen was ausgemacht zu haben."

Sie schnappt, noch während sie vor sich hinplappert, Eva am Ellbogen und zieht und schiebt sie mit sich in das kleine Nagelstudio.

Drinnen riecht es etwas streng nach Aceton oder ähnlichen Verdünnungsmitteln und einem süßlichen Parfum.

„So", plappert sie weiter. „Sie setzen sich jetzt erst mal hierher. Ich lüfte nur kurz", und klack, klack, klack, klappert sie mit ihren unglaublich hohen Absätzen zu den Fenstern im hinteren Teil des Raumes und öffnet sie mit schnellen, routinierten Bewegungen.

„Ich hatte gestern Abend einfach keinen Nerv mehr, alles aufzuräumen, und Sie sehen ja selbst, die Düfte hier sind nicht unbedingt gesundheitsfördernd! Aber es war schon beinahe halb elf und ... ach, ich bin so froh, dass Sie gekommen sind. Nur kann ich mich wirklich gar nicht erinnern, was wir am Telefon gesprochen haben. Wie war denn gleich noch mal Ihr Name?"

„Eva", haucht Eva, immer noch ganz im Bann der bunten, glitzernden Erscheinung, die ihr trotz ihres Aussehens irgendwie ungeheuer sympathisch ist! „Aber wir haben auch gar nicht telefoniert!", kann sie noch dazuhängen, schon ist der klackernde Farbtupfen hinter einem Vorhang aus Kronenkorken verschwunden – waren das wirklich welche, ja! Eva blickt ihr nach. Da hängen Fäden mit x Kronenkorken als Raumtrenner in diesem Laden. Sie hört sie hantieren. Geschirrklappern, Kästen auf und zumachen, eine Schublade, das Summen und Brummen einer Espressomaschine. Ein paar Minuten später kommt sie zurück und trägt ein kleines

Tablett mit zwei Espressotassen, Zucker und einem geöffneten Becher Sahne mit sich.

„Was haben Sie eben gesagt?", fragte sie freundlich. „Ich konnte da hinten nichts hören, die Maschine dröhnt so laut."

Eva schluckt.

„Ich habe nur gesagt – ich glaube, das ist ein Missverständnis", sagt sie leise. „Ich, wir haben gar nicht telefoniert. Ich war gerade im Café nebenan, um mich vorzustellen, und es tut mir leid, ich hätte das gleich sagen sollen. Ich glaube, Sie verwechseln mich."

Die bunte Frau schaut sie einen Moment ruhig an, dann explodiert sie förmlich vor Lachen. Sie wirft den Kopf zurück, lacht und lacht, beugt sich mit dem Oberkörper nach vorn, sodass sie beinahe mit der Nase in ihrer Kaffeetasse landet, haut sich auf die Schenkel und lacht noch immer!

„Iiiiiiiiiiiiiiiiiiiiiihihihihi", kommt es immer wieder von ihr, „das ist ja wieder mal tyyyyyyyypiiiiiiiiisch für miiiiiiiiiiich!"

Eva überlegt sich, ob sie besser gehen soll, ist aber so fasziniert von diesem Ausbruch, der sie ein wenig an ihren eigenen Lachanfall gestern erinnert, dass sie einfach sitzen bleibt und abwartet. Irgendwann hat sich ihr Gegenüber wieder soweit gefangen, dass sie zumindest ruhig sitzen bleiben kann, um sich die Lachtränen aus den Augen zu wischen. Dass dabei die Farbe unter ihren Augen sowie einer der drei schwarzen Punkte verwischt werden, traut sich Eva nicht zu sagen.

„Ach, das ist ja wirklich wieder typisch für mich", wiederholte sie noch einmal. „Sie müssen entschuldigen, manchmal lebe ich wirklich in meiner eigenen Welt. Ich hatte den ganzen Vormittag überlegt, wie toll es wäre, eine Hilfe hier im Geschäft zu haben, habe mir schon überlegt, welche Arbeiten sie mir am besten abnehmen könnte, wie viele Stunden am besten wären und so weiter. Dann stehen Sie vor meinem Geschäft, ich höre nur ein Wort: nämlich Bewerbung, und denke mir, sie sind mein wahrgewordener Traum! Zuhülf! Jetzt habe ich meine zukünftige Stammkellnerin quasi entführt! Trinken Sie trotzdem einen Kaffee mit mir? Als Entschuldigung mache ich Ihnen auch gerne die Nägel. Wenn Sie im Kaffeehaus arbeiten, brauchen Sie wohl eher praktische und nicht ganz so auffällige, denke ich mir." Dabei fächelt sie mit ihrer rechten Hand vor Evas Gesicht herum, die die langen, gebogenen, giftig grün glitzernden Nägel betrachtet. Mittlerweile muss sie auch schon lachen.

„Nein, so was wäre nichts für mich", sagt sie geradeheraus. „Dafür bin ich wohl nicht der Typ. Aber keine Angst, ich werde nicht Ihre Stammkellnerin. Ich habe mich zwar beworben, bin aber nicht genommen worden. Weder im Café noch in der Trafik. Es war ja auch nur so eine spontane Idee von mir, weil ich auf der Suche bin", sagt sie leichthin.

„Ja, aber das ist ja wunderbar!", quietscht die bunte Frau nun. „Sie suchen Arbeit, ich suche Hilfe für die Arbeit! Natürlich, das ist der Grund, warum ich hierhergefahren bin, als sei der Teufel hinter mir her! Ich musste Sie noch erwischen. Sie fangen einfach bei mir an, was halten Sie davon?"

Eva schluckt. Sie schaut sich noch mal etwas genauer in dem Laden um. Sie? Hier? In einem Nagelstudio?? Mit dieser grellen Person, die ihr zwar immer sympathischer wird, je länger sie mit ihr zusammen ist, sodass sie mittlerweile auch schon fast die grelle Kriegsbemalung vergisst, die sonderbare Kleidung und all das, was sie im ersten Moment hat gaffen lassen.

„Ja, aber", sagt sie, „ich kann doch nicht einfach so hier arbeiten. Ich kann doch gar nichts", fügt sie plötzlich ganz schüchtern hinzu.

„Papperlapapp!", kommt es wie aus der Pistole geschossen zurück. „Von wegen Sie können nichts. Heute konnten Sie schon mal zur richtigen Zeit am richtigen Ort sein. Das schaffen schon mal die Wenigsten. Fürs Erste wäre mir schon geholfen, wenn Sie mir im Hintergrund ein wenig helfen. Das heißt, hier herinnen für Ordnung sorgen, gelegentlich einen Kaffee für eine Kundin richten, das Lager im Auge behalten, mal ein paar Teile verkaufen, wenn ich gerade bei einer Behandlung sitze, und vielleicht auch mal die eine oder andere Erledigung im Ort oder auf der Post für mich übernehmen. Wenn wir uns gut verstehen, machen Sie dann mal ihren ersten Basis-Kurs, den Rest lernen Sie bei mir. Maniküre und Handmassage haben Sie sicher selbst schon oft bei sich gemacht. Das ist auch nicht so viel anders!"

Sie trinkt ihren Kaffee in einem Zug aus. „Was halten Sie davon? Für den Anfang wären allerdings 25 Stunden genug. Wenn Sie dann den Kurs gemacht haben, wären es sicher noch fünf bis zehn mehr. Was hätten Sie sich denn als Gehalt vorgestellt?"

In Evas Kopf rattert es. Sie hat gerade eine Stelle angeboten bekommen. Gut, sie hat wirklich keine Ahnung, was sie hier zu tun hätte, aber Ordnung halten, Lager ordnen, verkaufen, Kaffee kochen, abwaschen – das kann sie. Etwas anderes hätte sie im Café auch nicht gemacht.

In drei Wochen wird Eva wieder in die Stadt fahren, um einen Kurs zu machen. Die bunte Frau heißt übrigens Maria Müller – jemand mit so einem gewöhnlichen Namen muss doch einfach alles tun, um nicht gewöhnlich zu bleiben. Sie rät ihr, beim AMS anzugeben, dass sie eine Stelle bekommen könnte, wenn sie noch einen Basiskurs für Fingernageldesign macht. Ob ihr dieser Kurs eventuell bezahlt wird? Und wenn schon nicht bezahlt, dann zumindest noch das ALG weiterbezahlt, damit sie in diesem Monat noch leben kann?

„Oder", sagt Maria Müller, „wenn die völlig auf stur schalten, stelle ich Sie sofort an, dann sind Sie die Korinthenkacker los und die Kosten werden wir auch noch irgendwie im Budget unterbringen."

Eva ist noch immer wie betäubt, als sie wieder in ihrer Wohnung sitzt. Sie kann sich nur nicht mehr erinnern, was sie gesagt hat. Ja? Vielleicht? Hat sie wirklich zugesagt? Jedenfalls hat sie nicht gesagt, der Job sei nichts für sie. Gut, ihre zukünftige Chefin sieht aus, als wäre die Malvorlage, die man über sie drübergelegt hatte, verrutscht, aber was macht das schon. Sie scheint eine sehr erfolgreiche Geschäftsfrau zu sein und praktisch veranlagt obendrein. So etwas imponiert Eva. Noch während Eva mit ihr Kaffee trank, zog sie einen klitzekleinen Laptop aus ihrer Handtasche und suchte im Internet den nächsten Basiskurs, den Eva besuchen könnte, heraus.

„DA!", rief sie ganz aufgeregt. „In drei Wochen ist der nächste!! NA, wenn das kein gutes Omen für uns beide ist""

Danach hatten sie noch ein bisschen geplaudert und während sich Eva im Geschäft umsah, stellte sie sich schon vor, wie sie selbst darin herumging, Ordnung hielt, den einen oder anderen Artikel verkaufte und zufrieden vor sich hinstrahlte. Der Arbeitsweg war ein kleiner Morgenspaziergang und einkaufen konnte sie am

Heimweg nebenan. Die Arbeitszeiten sollten nicht ganz fix geregelt sein, aber wen störte das. Eva hat niemanden mehr zu Hause sitzen, der ungeduldig auf ihre Heimkehr wartet. Auch hat sie keine Hobbys oder Stammtische, die ihre unbedingte Anwesenheit erfordern.

„Und wenn doch", sagt Maria Müller, „dann nehmen Sie an dem Tag oder Abend eben frei und arbeiten ein andermal. Das ist ja kein Problem, solange wir beide uns gut abstimmen. Bis jetzt hab ich den Laden alleine geschmissen, da sind Sie mir auf jeden Fall eine Erleichterung und große Hilfe. Egal, wann."

Zu Hause nimmt Eva ihren Taschenkalender zur Hand. Sie ist so gut gelaunt und zuversichtlich wie schon lange nicht mehr. Sie hat das Gefühl, viel von Frau Müller lernen und profitieren zu können. Ihr Vermerk AMS-Termin wird um die Notiz ergänzt: nach Möglichkeiten erkundigen, Kurs bezahlt zu bekommen. Dann Fixzusage schriftlich von Frau M.

So gewappnet erträgt sie die Wartezeit bei ihrem AMS-Berater völlig ungerührt.

„Na, Frau Summen, wie war denn Ihr Kurs in der Stadt?", fragt der Berater in seinem typisch herablassenden Tonfall.

„Der Kurs an sich war völlig umsonst, wie ich es befürchtet hatte. Die Umstände, zu denen er geführt hat, waren allerdings hilfreich für mich. Also würde ich die Zeit nicht als ganz verloren bezeichnen", hört sie sich zu ihrem eigenen Erstaunen antworten.

„Mhm. So so. Ähhh. Was haben Sie gerade gesagt?"

Ihre Worte scheinen erst mit ein wenig Verzögerung bei ihrem Berater angekommen zu sein. Sie hat keine Lust, alles zu wiederholen, und so spricht sie gleich weiter. „Die Sache ist nämlich die, dass ich ab November eine Stelle hätte, nur muss ich dafür noch einen Kurs absolvieren, damit ich dort das nötige Basiswissen habe. Gibt es eine Möglichkeit, noch einen Kurs bezahlt zu bekommen? Dann wären Sie mich nämlich danach los und ich Sie und teurer als noch ein paar Monate ALG wird der ja sicher nicht sein."

Das waren Frau Müllers Überlegungen gewesen, die sie hier nun frech als ihre eigenen verkauft.

„Ja, also, nein. Das ist ja ganz was anderes. Das geht von zwei unterschiedlichen Budgets weg. Das kann man so nicht vergleichen. Und Sie hatten ja gerade eine Schulung."

Eva fällt ihm ins Wort. „In die ich von vornherein nicht gehen wollte, weil ich da nichts Neues gelernt habe. Was soll denn das? Einen Kurs zu machen, um Dinge zu tun, die man schon sein ganzes Leben getan hat. Dann hätten Sie mich eben nur einen Tag hingeschickt und geprüft. Für dieses tolle Zertifikat hätte ich keine Schulung gebraucht. Aber das hier ist halt ganz neu für mich und wenn ich es kann, habe ich eine Stelle!"

Der Berater blickt sie an. „Wo genau wäre denn die Stelle dann?"

Eva berichtet und er schreibt mit. „Ich werde sehen, was ich tun kann, Frau Summen. Rufen Sie mich doch bitte nächsten Montag an, bis dahin weiß ich, ob Sie den Kurs bezahlt bekommen."

„Danke", sagt Eva, „das werde ich machen. Und einen schönen Tag noch." Sie steht auf und geht.

Auf ihrem Heimweg spaziert sie bei Andrea vorbei, um sie auf ein Mittagessen bei sich einzuladen. Doch die ist nicht zu Hause. Also isst sie alleine, wäscht ab, räumt die Küche auf und sitzt, wie so oft in diesen Tagen, mal wieder alleine in der Küche am Tisch. Äußerlich ganz ruhig, aber ihre Gedanken rotieren. Wenn ihr AMS-Berater ihr am Montag Bescheid sagt, würde sie anschließend gleich zu Frau Müller ins Nagelstudio gehen. Die würde bis dahin mit ihrer Buchhalterin sprechen, wie es mit dem Lohn genau aussieht. Dann würden sie auch besprechen, ob Eva schon gelegentlich ein paar Stunden im Geschäft helfen könnte, um sich mit den Abläufen dort vertraut zu machen. Wieder holt sie den Kalender heraus und schreibt drei Wochen später ein: Kurs Nageldesign, Stadt.

Sie holt den Stadtplan aus dem Regal und sieht nach, wo der Kurs stattfindet. Die Straße hat sie gleich bei Frau Müller notiert. Das ist gar nicht weit weg von dem Bildungshaus, in dem sie ihren AMS-Kurs absolviert hat und damit auch nicht weit weg von Huberts Wohnung. Sie kaut an ihrer Unterlippe. Wie soll sie sich verhalten? Ihn anrufen und von ihrem neuen Kurs berichten? Und dann? Was wird er sagen, tut mir leid, ich hab für die Woche schon eine andere? Soll sie ihm vielleicht gleich vorschlagen, dass sie sich wieder dreimal treffen können, weil sie für vier Tage in der Stadt sei? Ob sie in seinem Frauenkalender noch einen Platz hätte? Immer boshaftere und unwahrscheinlichere Varianten fallen ihr ein. Ihr Kopf raucht schon. So geht das nicht.

Sie muss mit einer anderen rachsüchtigen Frau sprechen und einen Plan entwickeln. So einfach will sie ihn nicht davonkommen lassen. Doch wenn sie ehrlich ist, hat er ihr ja auch nie etwas versprochen. Sie war es gewesen, die in ihre Treffen, in die Spaziergänge und in den Sex mit ihm mehr hineininterpretiert hatte. Aber würde das nicht jede tun?

Sie ruft Andrea an. Nichts. Nicht mal den Anrufbeantworter hat sie eingeschaltet. Das vergisst sie immer – das war auch immer ein Streitpunkt zwischen ihr und ihrem Mann gewesen. Für ihn war ständige Erreichbarkeit so wichtig, wie es ihr egal war. Er hat ja sowieso ein Mobiltelefon. Das Festnetz ist praktisch nur mehr für sie übrig geblieben, weil sie damit auskommt. Aber ihn machte es schon rasend, wenn er ihr etwas mitteilen wollte und sie nicht erreichte. „Das ist nicht mehr zeitgemäß!", hat er dann immer geschrien.

Ingrid und Natalie treffen sich wieder mit ihren Hunden beim Spazierengehen und kommen miteinander ins Gespräch. Sie erzählen ein wenig von sich und sind überrascht, wie falsch der jeweils erste Eindruck der anderen war. Ingrid hat auf Natalie sehr depressiv gewirkt, gerade so, als würde sie überlegen, an dem Tag die Schlaftabletten zu kaufen, die sie für ihr Vorhaben benötigte.

„Das war auch mit ein Grund, warum ich mich neben dich hingesetzt hatte", erklärt ihr Natalie später. „Du warst so weit weg, so fern von der Welt, da dachte ich mir, ein wenig Gesellschaft würde nicht schaden. Ich hab mir überlegt, ob du vielleicht gerade erst deinen Job verloren hast, oder deine Beziehung in die Brüche gegangen ist, du wirktest einfach entwurzelt auf mich."

„Und du wie eine Jugendliche, leicht aufsässige Arbeitslose, die den Tag damit verbringt, anderer Leute Hunde auszuführen", lacht Eva. „Im Ernst, ich hätte hinter deinem Äußeren nie eine Biologin vermutet, die sich mit Krebszellenforschung beschäftigt. Auch im Alter lag ich voll daneben, denn die 32 Jahre sieht man dir nicht an. Du hast eine Figur wie eine schlaksige 17-Jährige und durch deine Kleidung wirkst du auf mich wie in den 20ern."

Für Ingrid war es sehr ungewohnt, jemanden, den sie noch nicht so lange kannte, so viel über sich zu erzählen, aber als Natalie bei ihrem zweiten Spaziergang das Thema weg von den Hunden auf ihren Beruf bringt, ist sie so verwundert, dass sie sich ein: „Das gibt's doch nicht, DU bis Biologin!?" nicht verkneifen kann. Dadurch ist das Eis gebrochen und auch Natalie rückt mit ihren Ideen heraus. Sie hat sich überlegt ein Betreuungsmodell für Hunde von Berufstätigen zu entwickeln, um die notwendige Trennung für Mensch und Tier einfacher zu machen.

So gewöhnen sich die zwei Frauen an, einmal in der Woche miteinander spazieren zu gehen. Mal kommt Natalie zu Ingrid und holt sie ab, um die Strecke in den kleinen Wald zu nehmen, mal treffen sie sich an einem anderen Ort, um über Feldwege und Nebenstraßen zu spazieren und über die Straße, in der Natalie wohnt, wieder zurückzukommen.

Bei einem dieser Spaziergänge fällt Ingrid wieder ein, was Herbert ihr damals von dieser weinenden Frau erzählt hat.

„Ich weiß selbst nicht, warum", sagte sie mehr zu sich als zu Natalie, „warum sie mir keine Ruhe gelassen hat. Ich habe ihn noch mal zum Stadtplatz geschickt, um zu sehen, ob sie noch dort sitzt, und am nächsten Morgen bin ich selbst hingegangen. Irgendetwas hat das in mir ausgelöst. Kurz darauf hatte ich ein richtiges Blackout. Ich war so müde, ich hab mich einfach nur mehr hingelegt und nicht mehr gerührt. Ein paar Stunden lang."

„Und das ist was Besonderes bei dir?", fragt Natalie.

„Ja", antwortet Ingrid. „Ich kann mich doch nicht mitten am Tag hinlegen und nicht mehr aufstehen! Ich muss mich ja schließlich im den Haushalt kümmern, kontrollieren, ob Peter seine Hausaufgaben macht. Mit Clara rausgehen."

Natalie lächelt. „Das passt nicht in dein Pflichtbewusstsein, wenn du mal ausfällst. Stimmt's?"

„Nein, natürlich nicht." Ingrid findet das ganz selbstverständlich. „Das geht doch auch nicht. Wie würde es denn aussehen, wenn alle sich einfach so gehen ließen?" Sie redet sich in Stimmung. „Da gehört doch wirklich nur ein klein wenig Konsequenz dazu, dass man zuerst alles erledigt, was zu tun ist, und sich dann hinsetzt. Ich weiß bis heute nicht, was da an diesem Nachmittag mit mir los war. Und beim Arzt war ich auch nicht danach. Obwohl ich mir fest vorgenommen hatte, hinzugehen. Das ist auch etwas, was ich an mir nicht kenne. Wenn ich etwas vorhabe, tu ich es auch. Wozu warten? Wozu überlegen? Telefon her, Termin ausgemacht. Fertig. So läuft das bei mir immer. Na ja, bisher zumindest", setzt sie leise hinzu.

Natalie staunt nicht schlecht. „Das muss ganz schön anstrengend sein. Ich bin ja auch dafür, dass ein gewisses Maß an Ordnung hergehört, aber es ist doch auch nur menschlich, mal nicht zu mögen, nicht alles sofort zu erledigen, etwas zu vergessen oder auch mal bewusst liegen zu lassen. Vielleicht erledigt sich dann ja auch manches von selbst. Bei dir ist ja schließlich auch nicht die Welt zusammengebrochen, nur weil du mal einen Nachmittag ausgefallen bist."

„Das stimmt", gibt Ingrid ihr recht, „das hat mich auch etwas gewundert. Nein, eher verunsichert. Weil wenn das, was ich mache, gar nicht notwendig ist, um alles am Laufen zu halten, wozu mach ich es dann? Ich dachte immer, das sei eben nötig. Und mir tut es ja auch gut, wenn alles seine Ordnung hat. Ich mag keinen Schlendrian. Das muss ich schon zugeben!"

Eva packt ihre Reisetasche – schon wieder! Nach knapp drei Wochen fährt sie also wieder auf einen Kurs in die Stadt. Das AMS zahlt ihr doch tatsächlich die Reise- und Kursgebühren, nur für den Aufenthalt muss sie dieses Mal selbst aufkommen. Sie hat sich eine kleine Frühstückspension ausgesucht, nicht unweit von dem Kursort, an dem sie ihren Basiskurs in Nageldesign besuchen wird. Der Kurs beinhaltet neben einigen Grundtechniken auch Haut- und Nagelkunde, Hygiene, Instrumentenkunde, Informationen zu den verschiedenen Grundstoffen, aber auch Wirtschaftsrechnen und Kalkulation.

In den dazwischenliegenden Tagen war sie immer wieder im Geschäft gewesen. Zum einen half ihr Frau Müller, beim AMS die Kursgebühren zu erhalten, in dem sie ihr eine Einstellungszusage schrieb, in der sie begründete, warum sie nur jemanden mit absolviertem Kurs bei sich arbeiten lassen kann, und zum anderen machte es ihr Spaß, sich schon das eine oder andere anzuschauen, was später ihre Aufgabe sein würde. Maria Müller war begeistert von ihrem Interesse und freute sich, Eva gefunden zu haben.

Am Tag des Kursbeginns fährt Eva mit dem ersten Zug in die Stadt. So kann sie sich eine Übernachtung ersparen. Sie kommt fast eine Stunde vor Kursbeginn an und hat genügend Zeit, mit dem Bus zum Ausbildungsort zu gelangen.

Was sie dort allerdings erwartet, lässt sie stark an ihrem Vorhaben zweifeln. Na ja, was hat sie erwartet? Dass die Kolleginnen auch nur annähernd gleich wären wie in ihrem Kurs für Wiedereinsteigerinnen ohne abgeschlossene Berufsaufsbildung, aber mit Erfahrung in Haushaltsführung und so was? Aber warum nicht, sie war ja schließlich auch in beiden Kursen!

Ca. zwanzig bauchfreie Hungerhaken stehen vor dem Kursraum, rauchen und tippen in ihre Smartphones, frisieren sich die Haare zu irgendwelchen Türmen, kauen Kaugummi und schminken sich. Eines haben sie alle gemein: Sie verstummen, erstarren in ihren Bewegungen, als sie sehen, wie Eva, innerlich gar nicht so gelassen, wie sie hofft äußerlich zu wirken, mit einem Lächeln und einem leichten Kopfnicken an ihnen vorbeigeht und den Kursraum betritt. Kurze Zeit bleibt es still, dann geht das Gekicher und Gegacker los.

„Was will denn diiiiieee da? Hat sich wohl im Raum geirrt? Hast du ihre Nägel gesehen, voll krass. Die hat ja nicht mal French Manicure, sondern gar nichts! Woher stammt die denn, aus der Steinzeit?"

Am liebsten würde Eva aufstehen, um die junge Frau mit lila-grün glitzernden Krallen statt Fingernägeln zu fragen, ob sie denn auch weiß, wann die von ihr angesprochene Steinzeit gewesen sei oder ob sie sich das bisschen Resthirn, das sie vielleicht irgendwann mal besessen hat, schon mit ihren hässlichen Krallen rausgekratzt hat.

Hoppla, denkt sie bei sich. So eine Retourkutsche, wenn ich mich auch nicht getraut habe, sie laut von mir zu geben, fällt mir sonst immer erst ein paar Stunden später ein! Da bin ich ja heute vielleicht auf Zack! Und lächelt ob dieser Erkenntnis in sich hinein.

„Hast du das gesehen, wie die dasitzt und grinst?", meint jetzt eine andere der jungen Mädels, die so vor der Tür steht, dass sie einen guten Blick auf Eva hat. „Vielleicht ist die ja auf Drogen."

„Oder sie ist irre und aus einer Anstalt ausgebrochen", erwidert eine andere. „Immerhin hat sie ja eine Reisetasche aus dem letzten Jahrtausend mit dabei", wiehert sie los. In diesem Moment werden allerdings diese Überlegungen gestört, weil die Kursleiterin sich mit großen Schritten nähert. Da staunen die Mädels auch nicht schlecht, da sie entdecken müssen, dass die wohl sehr viel näher an Evas Alter ist als an ihrem eigenen. Noch mehr gewundert hätten sie sich, wenn sie die Gedanken hätten lesen können, die Frau Nigrist durch den Kopf gehen, als sie den Raum ansteuert: Schon wieder eine Horde Hennen, die glauben, einen Kurs machen zu können und dann mit einer kleinen Grundausstattung am Feierabend genug zu verdienen, um ihr Leben damit bestreiten zu können.

Sie eröffnete jeden ihrer Kurse gleich, nämlich mit dem Austeilen von Unterlagen, wobei sie dazu sagte: „Hier sind Ihre unvollständigen Kursunterlagen. Es ist genügend Platz vorhanden, sich die fehlenden Teile selbst und in eigenen Worten dazu zu notieren, Skizzen zu machen und sich Tipps für weiterführende Literatur zu notieren. Wenn Sie das nicht machen, werden Sie mit den Unterlagen spätestens in einem Monat nicht mehr viel anfangen können. Das Ganze dient dazu, mir Ihre Aufmerksamkeit auch während der nicht so sehr beliebten Theorieteile dieses Kurses und Ihrer Anwesenheit kurz nach den Pausen über die ganzen vier Tage zu sichern."

Jedes Mal wieder freut sie sich über die überraschten bis entsetzten Gesichter derjenigen, die ihr soweit zugehört haben, um sich der Tragweite ihrer Ausführungen bewusst zu sein. Die anderen, deren Konzentration nicht mal bis hierher gereicht hat, waren sowieso schon verloren.

Doch dieses Mal ist sie es, die überrascht innehält. In

dem Moment, in dem sie das junge Gemüse in den Kursraum scheucht, sieht sie Eva. Mit aufrechter Haltung, eine kleine, alte, abgeschabte Reisetasche neben sich stehen, sitzt sie da, hat ein ledernes Federpennal und einen neuen Collegeblock vor sich liegen.

Sie hat sich in die erste Reihe gesetzt – nicht, weil sie strebern will, sondern weil sie das Gefühl hat, die Phasen, die die jungen Mädchen – nein, Frauen, korrigiert sie sich selbst innerlich – durchlaufen haben, schon lange hinter sich hat. Sie will nicht dazugehören. Nicht zu dieser Gruppe. Also wendet sie ihnen den Rücken zu. Sie ist gespannt auf den Kurs. Das ist, wie sie bei der Anmeldung erfahren hatte, nur der erste von einer Reihe von Kurstagen. Der gesamte Basiskurs dauert, wenn er berufsbegleitend gemacht wird, insgesamt vier Wochen. Für Arbeitslose, wie sie es ist, werden die Kurszeiten auf zwei mal vier Tage komprimiert. Intensivtraining sozusagen. Dafür war die Gruppe auf maximal 20 Teilnehmerinnen begrenzt. An diesem Kurs nehmen nur acht Frauen teil, wie sie gleich zu Beginn erfahren. Eva ist ganz beeindruckt von der Kursleiterin, Frau Nigrist, die kurz in der Begrüßungsrunde von ihrem beruflichen Werdegang erzählt. Von ihrem Geschäft, ihrer Arbeit, der Selbstständigkeit und dass viele neue Selbstständige das Wichtigste übersehen, nämlich, dass sie an die Kunden gebunden sind.

Das erste Gähnen ist schon aus einer der hinteren Reihen zu hören. Frau Nigrist bittet nun die Kursteilnehmerinnen sich kurz vorzustellen und zu erzählen, ob sie schon mit Nageldesign in Kontakt gekommen sind bzw. was sie mit ihren neu erworbenen Kenntnissen nach dem Kurs zu tun gedenken. Und da kommen sie – die gleichen Aussagen wie immer:

„Mal ein wenig reinschnuppern." „Geht doch gut neben einem langweiligen Bürojob", den zwar nur zwei aus der Gruppe schon haben. Eine will sich bei einem Kosmetikstudio einer Schönheitsfarm bewerben, weil sie mal einen Prospekt von dort gesehen hat. (Frau Nigrist seufze innerlich. Sie weiß, wie schlecht genau diese Schönheitsfarm zahlt, wenn nicht gerade ein total angesagter Schönheitschirurg oder eine Szenevisagistin sich bewarben – bleibt äußerlich aber ruhig und nickt freundlich.) Zwei sind befreundet und wollen sich in einem Zimmer einer WG selbstständig machen, um dort abwechselnd zu arbeiten und so jeweils eine Woche frei zu haben. Kundinnen hätten sie genug, versichern sie ihr, weil eigentlich machen sie das alles ja schon seit Jahren und der Kurs ist nur, weil sie dann noch ein Diplom hätten für das Zimmer, das Behandlungszimmer, das macht sich halt gut.

Dann ist Eva an der Reihe, sie räuspert sich und beginnt zaghaft: „Ich bin da so reingerutscht. Ich hatte gar nicht gewusst, dass es sich um ein Bewerbungsgespräch handelt und trotzdem hatte ich plötzlich eine Stelle in einem Nagelstudio. Ich komme aus Neuhofen und ..."

„Aus Neuhofen?", unterbricht sie Frau Nigrist. „Erzählen Sie mir jetzt aber nicht, Sie fangen bei der schönen Maria an zu arbeiten?"

„Ähem, wenn Sie damit Maria Müller meinen, die Besitzerin des Nagelstudios, doch, genau dort fange ich an!" Eva lächelt. „Sie kennen Sie?"

„Was heißt kennen? Wir waren jahrelang befreundet, bis sich unsere Wege leider wegen ihrer vielen Auslandsaufenthalte in Asien trennten. Ihr Mann war dort beruflich engagiert und ich habe zwar davon erfahren, dass sie wieder in Österreich lebt, aber wir konnten nicht mehr dort anknüpfen, wo wir aufgehört hatten. Sie ist eine Koryphäe auf dem Gebiet des Nageldesigns. Da muss ich ja aufpassen, dass ich Ihnen keinen Blödsinn erzähle, sonst bekäme ich es mit ihr zu tun. Schön, da haben Sie wirklich die besten Aussichten, in dieser Sparte erfolgreich zu werden."

Eva kann förmlich die Aggressionen gegen sie aus den hinteren Reihen spüren und – es ist ihr egal! Hatte sie die Ablehnung ihrer letzten Kurskolleginnen noch persönlich getroffen und verletzt, sind sie ihr hier und heute völlig egal! Sie ist überrascht von ihrer Kaltschnäuzigkeit, wie sie bei sich denkt: Na, da schaut ihr jetzt aber, Mädels. Da hat euch die Alte wohl einen Traumjob weggeschnappt! Ha!

In dieser Hochstimmung verläuft der erste Kurstag wie im Flug, am Nachmittag schnappt sich Eva die Unterlagen, verstaut sie gut in ihrer Handtasche, schnappt die Reisetasche und geht zu ihrer Pension. Dort angekommen, räumt sie zuerst ihre Kleidung für die paar Tage in den Kasten, lüftet das Zimmer, das ein wenig nach abgestandener Luft riecht, und begutachtet das Badezimmer. Dann zieht sie sich um, kämmt sich und macht sich auf den Weg zum Abendessen. Aber nicht irgendwohin. Nein, sie will genau in die Pizzeria, in der sie mit Hubert gewesen war. Sie will, wenn möglich, den gleichen Tisch, die gleiche Speise, was war das denn gleich noch mal gewesen? Pizza Funghi? Nein, aber Pilze waren dabei ... Egal. Sie würde schon draufkommen, wenn sie dort die Speisekarte sah. Sie will die leise Hintergrundmusik hören, die klang wie von einer völlig ausgeleierten Musikkassette. Vielleicht will sie auch Hubert sehen, wie er mit einer anderen dort antanzt.

Sicher ist sie sich aber nicht.

Sie spaziert durch die Straßen und ist überrascht von sich selbst, wie ruhig und unaufgeregt sie ist. Allerdings ist sie sich nicht ganz sicher, ob sie es schaffen würde, in die Pizzeria zu gehen, wenn Hubert schon drinnen sitzt. Umgekehrt wäre es ihr egal. Glaubt sie jedenfalls.

Sie kommt an einigen ihr noch vertrauten Plätzen vorbei, spaziert über den Stadtplatz, wo sie zwei Frauen auf einer der Bänke sitzen sieht, auf der sie damals heulend gelandet war, bevor sie wieder zurück zu ihrem Kurs trottete. Die beiden unterhalten sich angeregt, während ihre Hunde – einer davon ein riesiger Pudel, das kann sogar Eva erkennen, obwohl sie sich nie sonderlich für Hunderassen interessiert hat –, friedlich vor ihnen sitzen und die Gegend zu betrachten scheinen.

Bei der nächsten kleinen Straße links abbiegen und da ist sie auch schon: Luigis Trattoria – Pizzeria. Kurz bleibt sie stehen, atmet einmal tief ein und aus und macht einen Schritt, den nächsten etwas kleiner, den nächsten noch kleiner, reißt sich innerlich noch mal zusammen, greift zur Türschnalle und tritt ein. Die warme Luft schlägt ihr entgegen, der Hauch von Tomatensauce, Oregano und ähnlichen italienischen Gerüchen, verbunden mit etwas, was man nur in halb leeren Lokalen riechen kann, liegt in der Luft. Sie wendet sich nach links ums Eck, dorthin, wo sie vor ein paar Wochen erst ... Da sitzt er. Alleine! Eva steht da und schluckt. Ihr Blick zuckt zur Theke, ob da auch jetzt nur ja kein überbeflissener Kellner zu ihr rauschen und auf sie aufmerksam machen würde. Niemand da, eine lachende Männerstimme ist allerdings aus der Küche zu hören. Automatisch tritt sie an seinen Tisch.

„Buena sera, Signore Hubert", sagt sie zu ihrer eigenen Überraschung und setzt sich an seinen Tisch. In diesen kurzen Sekunden haben ihre Augen sein ganzes Umfeld gescannt. Kein Hinweis auf die Anwesenheit einer zweiten Person. Keine Handtasche, der Stuhl unberührt. Aber vielleicht wartet er ja auch auf jemanden? War schon so vertraut mit ihr, dass sie sich hier treffen und nicht gemeinsam herkommen würden? Hubert hebt den Kopf und sieht sie kurz verständnislos an.

„Eva?", sagt er mit leiser Stimme, die klingt, als hätte er den ganzen Tag noch nicht gesprochen, „was machst du denn hier in der Stadt?"

Sie lächelt und setzt sich einfach ihm gegenüber. „Na, ich kann dich doch nicht völlig alleine Abendessen lassen", hört sie ihre Stimme. Bin das ich?, schießt ihr der Gedanke durch den Kopf, wer zum Teufel spricht da statt mir? Unsicher wartet sie auf eine Reaktion. Er sitzt da und sieht sie an. Sagt nichts, rührt sich nicht.

„Vielleicht kannst du mir helfen", plaudert sie weiter, „den ganzen Weg hierher überlege ich schon, was ich an unserem ersten gemeinsamen Abend hier gegessen habe und es fällt mir einfach nicht mehr ein."

Immer noch sitzt er stumm vor ihr. „Pizza della casa", sagt er mit immer noch belegter Stimme. „Mit Pilzen, Schinken und dem geheimnisvollen Pesto della casa", kam es nun fröhlich von hinten. Luigi selbst stand hinter ihr, einen Krug Leitungswasser und zwei Gläser in der Hand, die Speisekarten unter den linken Arm geklemmt.

„Buena sera, Signora." Er stellt die Gläser in die Mitte des Tischs, den Krug daneben. „Hier, bitte sehr, die Karte. Auch sehr zu empfehlen die Cannelloni della casa, gefüllt mit Fleisch, zubereitet nach einem alten

Hausrezept, verfeinert mit dem Pesto, das Sie schon von der Pizza her kennen."

„Nein", sagt Eva forsch, „ich bleibe bei der Pizza, auf die freue ich mich heute schon den ganzen Nachmittag! Und ein Glas Rotwein, bitte."

Hubert schweigt noch immer. Er hat sie weder begrüßt noch gebeten, den Tisch zu verlassen. Luigi sieht ihn erwartungsvoll an, aber es kommt auch keine Bestellung von ihm.

„Signore Hubert, das Übliche?", fragt Luigi nach einer Weile.

„Ah, nein, danke, Luigi. Ich werde heute die Cannelloni della casa nehmen. Öfter mal was Neues", sagt er zerstreut. Luigi geht laut vor sich hersingend in die Küche und gibt die Bestellung weiter.

„Wie geht es dir denn?", fragt Eva nun schon etwas vorsichtiger.

Hubert blickt sie an, als hätte er sie eben erst entdeckt. „Na ja, nicht so gut. Weißt du, meine Schwester hatte wieder so einen Schub. Also das heißt irgendwie anders, aber am Wochenende ging es ihr über Nacht plötzlich sehr viel schlechter. Ich war den ganzen Samstag und Sonntag bei ihr, aber sie war nur einmal ganz kurz wach und hat mich angesehen. Gesprochen hat sie gar nicht mehr und ich bin mir auch nicht sicher, ob sie jemals wieder sprechen wird."

Eva nickt traurig. „Das tut mir leid zu hören", sagt sie. „Wenn du gerne deine Ruhe haben möchtest, setze ich mich an einen anderen Tisch. Ich hatte ja eh vor, heute alleine hier zu essen, aber als ich dich hier sitzen sah, konnte ich einfach nicht anders, als zu dir zu kommen." Sie macht eine kurze Pause. „Das war blöd von mir."

Hubert sieht sie an, lange und prüfend. „Aber nein,

bleib doch bitte. Ich weiß gar nicht, was mir heute lieber wäre. Ich bin einfach ganz durcheinander. Ich wollte hier schnell essen, später fahr ich dann zu ihr. Aber ich freue mich, wenn du mir Gesellschaft leistest!"

Eva nickt und sagt: „Gut. Essen wir."

Dann schweigen beide, bis Luigi mit dem Wein für Eva und den Platzsets sowie dem Besteck an den Tisch kommt.

Plötzlich sieht Hubert auf. „Aber trotzdem – was machst du eigentlich hier?"

Eva muss trotz der bedrückten Stimmung lachen. „Mal wieder einen Kurs, wer hätte das gedacht! Dass nach diesem tollen Haushaltskurs jemals noch ein anderer nötig sein würde, um Arbeit zu finden. Na ja, ich will nicht lästern. Ich mache einen Kurs für eine Arbeit, die ich ab nächstem Monat haben werde. Direkt bei uns im Ort und noch dazu bei einer wirklich netten Frau. Es ist ein Nagelstudio mit kleinem Verkauf. Na ja, ich hätte selbst ja nie daran gedacht, so was mal zu machen, aber jetzt ist es so und so sitze ich wieder in der Stadt und lerne. Dieses Mal komme ich allerdings gar nicht in Versuchung, mit meinen Kurskolleginnen den Abend zu verbringen, das sind durch die Bank nur junge Gören, die glauben, ihnen gehört die Welt. Vielleicht bin ich ja ungerecht, aber ich mag sie nicht. Die Kursleiterin ist in Ordnung. Sie ist Kosmetikerin, eine der Ersten, die Nageldesign in Salzburg angeboten haben. Das erste Geschäft hatte sie übrigens in Deutschland, weil dort mehr Nachfrage bestand."

So plappert Eva vor sich hin, während sie von Zeit zu Zeit an ihrem Glas Rotwein nippt. Hubert hört zu oder tut zumindest so. Ihr ist die Stille zwischen ihnen unangenehm und unbewusst füllt sie sie mit haufenweise nutzloser Informationen.

„Also hab ich mir gedacht, ich komme wieder hierher. Den ganzen Tag habe ich schon Lust auf Pizza gehabt. Sonst kenne ich ja kaum ein Lokal hier und der Spaziergang war auch schön. Es ist ja wieder richtig mild geworden."

Luigi bringt das Essen, nickt ihnen kurz zu und verschwindet wieder im hinteren Teil des Lokals. „Mahlzeit", sagt Eva. „Guten Appetit", erwidert Hubert. Viel isst er nicht. Auch wenn er hungrig ist, diese Situation liegt ihm ganz schön im Magen. Er wundert sich über Evas muntere Art. Sie spricht wie aufgezogen. Sonst war sie doch eher einsilbig und ruhig gewesen. Nicht, dass es ihn heute Abend stören würde. Er ist ja froh, selbst nicht so viel zur Unterhaltung beitragen zu müssen. Er ist in Gedanken einfach ... nein, das stimmt nicht. Seit Eva bei ihm Platz genommen hat, ist er endlich mal in Gedanken nicht im Krankenhaus bei seiner Schwester, sondern hier in diesem Lokal. Und ein klein wenig in der Vergangenheit, bei den Abenden und den beiden Nächten, die er mit Eva verbracht hatte. Sie scheint ihm seine Abfuhr von damals gar nicht mehr übel zu nehmen. Dabei schien sie so verletzt, als er sie wegschickte. Oder hat er sich da getäuscht? War da sein Wunschdenken stärker gewesen als die Realität? Er ist sich nicht mehr sicher. Sie wirkt heute ganz anders auf ihn. Stärker, selbstbewusster. Eva in einem Nagelstudio? Das hätte er sich nie vorstellen können – falsch. Das konnte er sich gar nicht vorstellen. In einem Haushalt, einem Wirtshaus, einem Geschäft, ja, aber das?

„Schmeckt es dir nicht?", fragt Eva.

„Doch, schon, aber ich bin einfach ziemlich fertig. Es ist sehr gut, aber im Moment vertilge ich wohl keine großen Mengen." Er legt das Besteck auf den Teller. „Ich werde Luigi bitten, mir den Rest einzupacken, dann hab ich morgen ein warmes Mittagessen, wenn ich sie aufwärme."

Eva nickt. „Ja, das ist klar. Musst du gleich los? Wie lange darfst du denn zu deiner Schwester rein?"

„Da gibt es jetzt keine richtigen Beschränkungen mehr, wegen der Besuchszeit", sagt Hubert. „Bis nach zehn sollte ich zwar offiziell nicht bleiben, aber die Schwestern und auch die Ärztin sind so nett, die drücken da ein Auge zu, wenn ich bei ihr sitzen bleibe. Sie ist ja alleine im Zimmer, da störe ich niemanden."

Er rückt den Stuhl zurück. Luigi kommt ums Eck, er winkt ihn zum Tisch und bittet ihn, die Reste seines Essens einzupacken. „Ich muss dann", sagt er und steht auf.

„Alles Gute für deine Schwester", antwortet Eva. „Es war schön, dich zu treffen." Er nickt und geht zum Tresen. Dort nimmt er den Plastiksack von Luigi entgegen und bezahlt.

So sitzt Eva nun alleine am Tisch, widmet sich ihrer Pizza und denkt nach. So hat sie sich das Wiedersehen mit Hubert ja wirklich nicht vorgestellt. Er tut ihr leid und alle bösartigen Gedanken, die sie ihm gegenüber gehegt hat, verschwinden. Allerdings scheint er wirklich positiv überrascht gewesen zu sein, sie zu sehen. Er hat nicht seine mürrische Miene aufgesetzt, als sie sich zu ihm gesetzt hat.

Noch überraschter ist sie, als sie bezahlen will und feststellt, dass Hubert ihre Rechnung übernommen hat. Auch der Espresso, den sie zur Verdauung bestellt hat, als Hubert schon weg war, ist anscheinend beglichen. Sie bedankt sich, legte 2 Euro Trinkgeld auf den Tisch und spaziert durch den lauen Novemberabend zurück zu ihrer Pension.

Der Rest der Woche und des Kurses verläuft wie im

Flug. Die Inhalte sind interessant, Eva hat Spaß daran, nicht nur die Technik an sich kennenzulernen, sondern auch Hintergrundwissen über Haut- und Nagelkunde zu bekommen. Sie schreibt eifrig mit, macht sich Skizzen in ihr Skriptum, ihren Collegeblock und hat so nach den vier Tagen auch viele Informationen, die sie mit nach Hause nehmen kann.

Am vorletzten Abend kann sie nicht widerstehen und geht noch einmal zu Luigi. Sie bleibt allerdings vor dem Lokal stehen und schaut hinein. Es ist nur spärlich besetzt, Hubert ist nicht da.

Eva steht am Gehsteig.

Hubert sitzt bei seiner toten Schwester.

Ingrid und Natalie spazieren mit den Hunden durch den Abend.

Herbert ist raus aus der Geschichte, Peter auch.

Andrea steht vor der neuen Wohnung ihres Mannes und winselt, weil sie sich so sehr wünscht, dass er zu ihr zurückkommt, weil sie vor nichts in der Welt mehr Angst hat als vor dem Alleinsein, dem Verlassenwerden, aber genau das passiert ihr jetzt. Sie würde ihn sogar anflehen, wieder zurückzukommen, wenn sie ihn nur sehen würde. Aber er macht nicht auf, wenn sie klingelt, hebt nicht ab, wenn sie anruft – er, der immer Erreichbare! Nie im Leben hat sie sich so elend, armselig gefühlt wie jetzt, wenn sie vor seinem Haus auf und ab läuft. Sie stellt sich vor, wie er zufrieden mit sich und der Entwicklung drinnen im Warmen sitzt, während sie sich hier heraußen den Arsch abfriert. Aber sie kann trotzdem nicht wütend werden, weil sie so tief in ihrem

Selbstmitleid steckt.

Maria Müller lebt ihr Leben, schminkt sich wie eine Surrealistin und freut sich über ihre neue Mitarbeiterin.

Der AMS-Mensch hat einen Traum. Einen Traum von Freiheit und Lebensfreude. Er geht am nächsten Tag zu seiner Chefin, kündigt, sagt ihr auch gleich, dass er nicht wiederkommen wird. Geht nach Hause, packt einen großen Trekking-Rucksack, wirft den Schlüssel seiner Wohnung bei seiner Nachbarin in den Briefschlitz mit der Bitte, sich ein wenig darum zu kümmern, er sei auf Reisen und wisse nicht, ob und wann er zurückkomme.

Und damit ist die Geschichte aus.

Zeitfracht Medien GmbH
Ferdinand-Jühlke-Straße 7
99095 Erfurt, Deutschland
produktsicherheit@kolibri360.de